死亡邮递

死の発送

[日] 松本清张——著
马梦瑶——译

浙江人民出版社

目录

第一章　跟踪　1
第二章　地下金库　42
第三章　失踪　75
第四章　死亡托运者　108
第五章　马主和驯马师　140
第六章　工作　164
第七章　推理与现实　189

第一章　跟踪

#1

冈濑正平终于服满了七年刑期，走出了监狱。

不过，人们并没有把冈濑正平这个名字忘掉。他曾经是 N 省的官员，由于挪用了五亿日元公款，当时在社会上引起了巨大轰动，以至于成为国会上的议题。

那是个寒风习习的早春时节。入狱时才二十五岁的冈濑正平，出狱时已经三十二岁了。

冈濑正平在前来监狱接他的叔父冈濑荣次郎的陪伴下，回到叔父在东京市内中野区新井药师附近的家。他的叔父经营着一家杂货铺。

冈濑家门前，已有多家报纸的记者闻风而至。冈濑正平是在二十出头的弱冠年岁，挪用了五亿日元公款的，所以，即便已时隔七年之久，一提起冈濑正平，仍具有充分的新闻价值。

冈濑正平微笑着接受了记者们的采访。当年他那年轻饱满的脸庞，如今已变得两颊凹陷，下巴尖尖，渐显老态了。

新闻记者问："请问，你现在的心情怎么样？"

冈濑正平低了一下头，回答："我觉得非常对不起大家。"

当年，他侵吞巨额税金，花钱如流水的所作所为招致了国民的愤怒。局长因此被降级，科长也被迫辞了职。

"今后，你有什么打算呢？"

"我打算暂时先在这里帮着叔叔做生意，以后再好好考虑自己的未来。"

"还没有想好今后的安排吗？"

"我刚出来，还没有考虑。在狱中的时候，一直觉得对不住大家，一心只想着怎样赎罪了。"

人们实在想不明白，五亿日元怎么会如此轻易地被一个二十多岁的青年挪用了呢？其实，国家机构表面上看似严谨，实则内部懒散，从而导致一介小官员都拥有巨大的权力。上司把事务交给下级处理后，就放任不管了，连账本也不曾检查一次。因此，冈濑正平才得以在短短三年间贪污了巨资。

冈濑正平把那一大笔钱的一半都花在了女人身上。根据事发后的调查，冈濑正平有七个情人，都是烟花女子。他悄悄地盖了新居，购置了高档家具、衣物，还买了最新款的外国小轿车，过着骄奢淫逸的生活。这种挥霍无度的生活在报纸上一经报道，有些年轻人竟然羡慕起了冈濑正平，因为他实现了他们梦寐以求的理想生活。

在一般人看来，五亿日元根本就花不完。可是，冈濑正平不仅在女人们身上挥金如土，还私下里经营着自己的事业——一家纤维加工公司和一家生产火腿的公司。

对他最心爱的女人——银座一流夜店的当家花旦雪子，冈濑的投入相当大。后来经过调查，发现雪子养着一个吃软饭的情夫，她是受其情夫要挟的。也就是说，雪子的情夫得知冈濑正平花钱大手大脚，便怀疑他在消费公款，反过来以此恐吓冈濑正平。

冈濑正平的两家公司也没什么盈利。由于不能让工作单位知道，他无法全身心投入，生意做得不好也在情理之中。光是在公司里投注的资金就不下六七千万日元。

不过，冈濑正平在有些事情上可以说是很聪明的。他出入工作单位从不穿高档服装，总是穿着旧西服，白衬衫的衣领脏兮兮的，领带也是皱巴巴的，鞋跟都快磨平了。总而言之，他塑造了一个真正的下层官员的形象。

冈濑正平每天坐着豪华进口车去上班，但是每次都把车停在离上班地点大约一公里的地方，决不开到他的单位附近。他在车上换上旧西服和皮鞋，让司机把车开回去。所以在长达三年的时间里，一直没有人发觉他挪用公款，这也是原因之一。

但是，当冈濑正平渐渐习惯了奢侈生活之后，同事们不知从什么地方听说了有关他大肆消费的传闻。每当有人问起此事，他总是解释说，乡下的叔叔去世了，自己继承了他的遗产，还吹嘘叔叔拥有几千町步[1]的山林等等。朋友们都非常羡慕他，丝毫没有察觉到他在挪用公款。

东窗事发后，警视厅对冈濑正平大量消费的去向进行了周密细致的调查，发现他在以雪子为首的七个女人身上一掷千金，其奢靡的生活也随之浮出水面，他经营的两家公司也被查了出来。

然而这些花销加在一起，总共四亿日元左右，还有一亿日元去向不明。

当警方审问冈濑正平一亿日元的去向时，他说这些钱有的花在每周日的赌马上，有的放了高利贷，现在变成死账收不回来了。赛马赌输的

1　町步，表示土地面积的单位。

钱款，根本无从取证。追查那些借贷人时，也几乎都找不到人。就是说，对他证言中提到的借贷人进行调查时，不是查无此人，就是此人已搬走，不知去向。由此，警方怀疑冈濑正平捏造了并不存在的借贷人，暗中将大量赃款藏在了一个不为人知的地方。

可是，在审问冈濑正平的时候，他说因为没有一一记在本子上，很多花费的去处都“忘掉”了。例如，他说大概给了某个女人三千万日元，事实上却给了翻倍的六千万日元。诸如此类，包括用途不明的钱款在内，其花费纷乱无绪，难以追查，最后警察局也放弃了追查。

事实上，当时警察局对他进行了严格的讯问，还对他周边的人进行了追查，然而除了他自己坦白的情况以外，没有查到其他任何线索。

冈濑正平说打算暂时去叔叔的杂货铺帮忙，慢慢考虑未来的时候，他的表情虽说很憔悴，却依然可见那曾经天不怕地不怕的影子。当年他春风得意时，出现在电视新闻里的表情显得颇为傲慢，以至于被赞美为现代青年的典型。

跟记者团见面时，冈濑正平突然显得很落寞似的说：“在我被逮捕的两个月前,母亲去世了。虽然当时我很庆幸母亲没有看到我被逮捕的样子，但是现在出了狱也见不到母亲了，这是最令我感到寂寞的。”

他很动情地倾诉了自己的心情。

记者见面会的情况在当天的晚报上被报道出来。其实那次记者见面会，也有二三流报刊的记者混在其中。

底井武八便是其中的一位。

底井武八所在报社发行的报纸并没有什么销售渠道，是那种靠着街头叫卖的晚报。因此，“煽情”成了他们维持销量的一大特色。

听说冈濑正平要出狱了，底井武八被总编山崎治郎派去报道记者见面会的情况。然而，底井武八的任务并非只是采访冈濑正平那么简单。

山崎总编说：“据说冈濑正平还在某个地方藏有大笔金钱呢。当初连警视厅都没有搜出这笔钱，乃是因为被冈濑巧妙地藏起来了。那家伙虽然年轻，但做事很老到。他表面上为了女人和赌博毫无节制地挥霍金钱，其实他知道迟早会案发，那些都是故意做给人们看的。他肯定留了一手，想给自己藏下一笔钱。”

他把底井武八单独叫来说：“所以，我派你去监视冈濑每天的活动。那家伙一时半会儿还不会露出破绽，不过今后你就专门负责监视他的动静，即使多用点采访经费也没关系。”

毋庸置疑，R报虽是战后才开始发行的报纸，但是凭着它自身的特色，也取得了颇为不俗的发行量。尽管是个三流报社，却效益可观，经费充裕。正因为如此，总编才能够说出“多用点采访经费也没关系”的话来。

底井武八和其他记者一起见到了冈濑正平，并对他进行了采访。回来后，底井把报道放在了总编的办公桌上。到此为止，底井和其他报社记者做的是一样的。不同的是，在那之后，底井立刻在杂货铺对面的点心铺的二楼，租了一个临街的房间。他要一直蹲守在这里，观察冈濑的一举一动。他租的房间正对着杂货铺，能够清楚地观察到店里的情况。

底井武八自带了一应炊具，整天守在那里进行监控。

现在都使用家电产品，虽说是全套炊具，但并没有几件。煮饭或烤面包，一摁电钮就得，很省事。因此，他有充裕的时间盯着对面的杂货铺。

冈濑从出狱第二天开始，就像前面说的那样，开始在店里帮忙了。他穿着朴素的毛衣，皱巴巴的裤子，一副不修边幅的样子。他有时拆包装，有时整理货物，卖货时，会经常向叔父询问货物的价格。

冈濑看上去就像个小伙计，干活很勤快。看他现在的样子，绝对想象不出，他曾经每天坐着高档车四处招摇，拥有七个女人，出入高级酒吧、夜店，挥金如土。

底井武八比冈濑正平小三岁。

他也读过当时的报纸，回想冈濑那时纸醉金迷的生活，再看看现在冈濑老实干活的身影，不禁可怜起他来。哪怕一次，谁都想在这一生中过上那梦幻般的生活！看到别人落魄的样子，即使是干了坏事的报应，也会不自觉地与其春风得意时进行比较，油然而生同情之感。

对于山崎总编为什么这么执拗地让自己调查冈濑正平的情况，底井武八并不感到奇怪。因为该报社发行的不是一般的报纸，是靠卖热点新闻增加发行量的，因此，他单纯地认为，总编是希望通过调查冈濑正平藏匿巨款之处，发布惊人消息，来吸引读者的眼球。

不过，底井武八对这份工作也并非不感兴趣。自从总编安排他这个差事以后，他重新翻阅了当时所有的报道，最后得出结论，正如总编所说的那样，冈濑正平在某个地方还藏着一大笔钱。

如果冈濑正平确实留了这么一手的话，他一定会去取藏匿的钱的。那么他到底把钱藏在哪里了呢？还有，他到底是用什么方法，在警视厅的眼皮底下，把这么多钱藏起来的呢？

——底井武八开始监视冈濑正平已经过去一个半月了。

冈濑正平依然没有任何变化。从来不外出，每天到店里上班，晚上去澡堂泡澡，睡得好像也很早。冈濑正平的房间在杂货铺二楼的临街一面，正对着底井武八住的房间。

但是，冈濑正平要是够聪明，应该会暂时按兵不动吧。他肯定也知道，这段时间会有人监视他的一举一动。

底井武八每天都往编辑部打电话。

每次都是山崎总编来接听。

“他每天都在店里帮忙吗？一次也不外出吗？”

“是的，他好像哪儿都不去。”

“晚上出去吗？”

“一般来说，他每天晚上九点左右就睡觉了。”

“没有偷偷地出去过吗？”

“我一直严密监视着，到目前为止，还没有发现。”

“你要瞪大眼睛，继续监视。他肯定会有所动作的。”

“遵命！”

“你只需要帮我监视他的行动就行了。你那边的工作完成之前，不用做这边的事了。”

“明白。”

山崎总编对这个事情格外上心。

总编对此事这么积极，底井武八也就比较轻松了，因为总编说在费用方面不用担心。

不论底井武八怎样卖力地监视，也未见冈濑正平有任何动静。而冈濑正平在店里的工作状态，以及每天的销售业绩也渐入佳境了。

“这个男人或许真的没有隐藏财产吧？”“这大概就是那个男人最真实的面目吧？”——看着冈濑正平每天的生活，底井武八不禁产生了这样的念头。不管怎么说，冈濑的表现都堪称完美，让人觉得他正在以勤恳的生活态度来弥补以前所犯的弥天大罪。

但是绝对不能掉以轻心。说不定什么时候就会被他钻了空子。

冈濑正平好像丝毫没有察觉到有人在自己家对面监视着他。这也是底井武八最提防的事。如果被他发现，就前功尽弃了。

幸好冈濑正平从未注意过这边的房子。

底井武八在面向道路的拉窗上捅了个小洞，使用双筒望远镜，一直在观察冈濑。

这个双筒望远镜很精巧，这么远的距离，也能看清冈濑正平脸上的痣，就连转动眼珠都看得清清楚楚。从被望远镜放大的冈濑的表情可以判断出，他并没有注意到底井武八在监视他。

一个半月过去了。一个星期又过去了。

那家杂货铺上午总是很繁忙，好像还经营着批发生意，有时零售店会来取货，有时冈濑正平也会骑着自行车去送货。

下午就不那么忙了，底井武八经常看到冈濑正平百无聊赖地在杂货铺里看店。

那是一天下午三点钟左右的事。

底井武八像往常一样，从拉窗的小洞锁定冈濑正平后，看了一会儿杂志，再往小洞里一瞧，发现冈濑正平不见了。

不过，看不见冈濑也不用特别紧张。以前也常常有这种情况，店铺后面有个小仓库，他有时候会往仓库搬东西，在那里整理商品，所以不用太担心。

也许是第六感吧，底井武八觉得有些心神不定，他便透过那个洞紧紧地盯着对面。

就在这时，冈濑正平从店铺里出来了。他没有穿平时那件脏兮兮的毛衣和皱巴巴的裤子，而是换上了出狱时穿的那套西服。虽然不是什么好西服，可看样子他是打算出门。

于是，底井武八也匆忙准备出门。东西也不收拾，就从二楼飞奔而下，穿过点心铺店头，跑到大路上，远远看见冈濑在前面走着，底井武八这才松了口气，好歹没有跟丢。

底井武八专拣屋檐下头，一边躲躲闪闪地往前走，一边牢牢地盯住冈濑正平的身影。

沿着这条路走了不远，来到一个四方空地，这里是开往池袋的公交车站。

冈濑正平呆立在公交车站，并没有四下环顾等戒备跟踪的举动。

底井武八以为他会去池袋方向，没想到冈濑突然一抬手，叫住了一辆恰好驶来的出租车。

见此情况，底井武八着急了，赶紧瞪大眼睛盼着后面再来一辆车。

值得庆幸的是，很快就来了一辆亮着“空车”的出租车，底井使劲挥手叫住了车。

此时，冈濑正平坐的出租车正巧赶上红灯，停了下来。简直太走运了。

底井武八戳了戳司机的后背，说：“跟着前面的车，不要被他发现，除了车费，我会多付你些钱的。”

“知道了。”司机回过身去。

2

信号灯一变绿，前面的车就启动了。从后车窗可以看见冈濑正平的背影。

底井武八让司机跟住前面的车。这一带道路狭窄，很难开车。要是跟得太紧，容易被对方察觉，可如果拉开距离，很快就会被后面的出租车或是小卡车插进来。

尽管如此，来到哲学堂前的宽马路上时，终于容易跟踪一些了。

沿着这条路一直往前走，就是池袋。

突然前面的车向左转，直奔十三间公路方向而去。

这条路车流量少，视野也好。由于车流量少，车速也很快。

“这家伙到底要去哪儿啊？”

底井武八向前探出身子，紧盯着前方。

前面的出租车行驶了二十分钟左右，在这条宽马路的尽头拐向了右侧狭窄的小路。

“喂，走这条路的话，通向哪里？”底井武八问司机。

“如果一直往前走的话，就到田无那边了。”

“田无？”

底井武八吓了一跳。田无离市中心可够远的。

到田无之前，冈濑说不定会在中途停车休息。

四周的景色变成了满目水田和杂树丛的郊外风景。

底井武八非常担心被冈濑发现，幸好两车之间插入了一辆卡车，暂且可以遮挡一下了。

狭窄的小路弯弯曲曲的，前面冈濑正平的车以极快的速度行驶在这段难走的小路上。

“怎么着？看他这意思，是直奔田无了？”

“是啊。先生，还继续跟吗？”

“那是当然。给我一直跟到那辆车停下为止。”

到田无了。

这是个不算小的镇子，但是冈濑正平的车也没有在这里停下，而是快速穿了过去。

“这条路叫什么？”

“这是青梅街道。”

“是吗？这么说，他是要去狭山湖了？”

底井武八继续紧盯着前面的出租车，只见出租车往左拐去了。底井武八的车与它拉开了约500米的距离，也跟着左转了。

这是一条非常漂亮的柏油马路。

“喂，你知道这条路通到哪儿吗？”

“我没怎么来过这儿，好像是武藏小金井或者国分寺方向吧。”

道路两旁是绵延不绝的田地，右侧的原野尽头，远远地能望见白雪皑皑的富士山山顶。

底井武八心想，冈濑这家伙，大概白天总是闷在叔叔的店里干活，终于第一次有机会外出，所以一下子跑这么远吧。

道路笔直而通畅，但没走多久，便与一道河堤相遇。

“这是哪儿？”

“是小金井的樱堤。”

出租车驶过大桥，没有一点减速的意思。

底井武八有点摸不着头脑了。

不一会儿，出租车进入了小金井热闹的商店街。两辆车相继顺利地通过了紧挨车站的岔道口。

道路变成了下坡路，前面一眼望不到尽头。

“他这是要去哪儿啊？”

“这一带是多磨陵园。”

“陵园？”

听到陵园，底井武八终于明白了。

冈濑正平被捕前，他的亲生母亲去世了。在会见记者时，他甚至表示，自己虽然出狱了，可是母亲已经不在了，感到特别孤独。

这么说，他母亲的墓地在这里，他这是去扫墓吧。底井武八心里想。

但是，冈濑正平的车并没有拐进通往墓地的路，仍然继续直行。

“咦？”底井武八心中疑惑，“喂喂，他到底要去哪儿啊？”

底井武八不得不随时询问司机。由于不知道对方的目的地，他必须一一确认沿途通过的每个地区。

“我想，前面应该是府中方向。”

“府中？是有赛马场的那个府中吗？”

“是的。这附近，我之前来过一两次。”

底井武八沉默了，一直目不转睛地盯着前面。

“先生，”这回司机先开口了，他也盯着前面说道，“确实是府中。”

“是吗？”

“我刚刚想起来，府中的赛马今天开赛。”

赛马——

底井武八恍然大悟。

冈濑正平将挪用的五亿元公款大部分用在了女人身上，但也有一部分用于赌博，其中最主要的就是赛马吧。

由于是公款，不是自己的钱，冈濑正平一定是随心所欲地购买马券[1]吧。

看来冈濑正平一听说府中举办赛马比赛，赌瘾又犯了。冈濑正平看似老老实实地在叔叔的杂货铺里帮忙，但是从报纸上或是哪里得知东京赛马的开赛日后，便再也按捺不住了吧。

在度过七年监狱生活，重获自由之后，他的第一桩享乐便是赛马。

由此可见，冈濑正平一定还拥有大量金钱。当然，也可以说他是从不多的零花钱中挤出钱来买自己喜欢的马券。不过，从冈濑正平以往的性格看来，他买起马券来不会抠抠唆唆，绝对会豪赌一把。

没错，这也许会成为一个重要的突破口。如果冈濑正平大量买马券的话，就证明他还有藏匿的钱。

1　马券，赛马彩票、“获胜马彩票”的通称。

出租车果然停在了府中赛马场的正门前。冈濑正平下了车，正在付出租车费。

底井武八也让司机在这里停车，支付了车钱，并按事先允诺的付了小费。

由正门进入赛马场的人络绎不绝。在马场两侧，猜号手[1]竖起了旗和幡，气氛热烈，聚集了许多人。

冈濑正平在猜号手面前稍作停留，便径直朝大门走去，购买了入场券。

底井武八也买了入场券，跟踪变得轻松多了。因为人多了，就不用担心被对方发现。

冈濑正平快步朝大门走去。他的背影看上去充满活力。时隔多年，再次来到自己喜爱的地方，仿佛重新找回了朝气。

底井武八在他身后不远处跟着。冈濑正平去预检场[2]，他就去预检场；冈濑正平向观众席走去，他也跟着朝那边走去。

看台上的冈濑正平专注地望着马场。此时，七匹马相继跃过障碍物后，正并驾齐驱地飞奔着。

冈濑正平站在人群中眺望着比赛，这场赛马一结束，他就从兜里掏出出马表[3]，快步朝马券售票处走去。

底井武八心想，马上就能看清他的庐山真面目了。

在售票处，底井武八紧跟在冈濑正平后面。由于到处都是人，跟踪起来非常容易。

冈濑正平手握五张一千日元的纸币，买了5—3的马券。底井武八只

1　猜号手，在赛马、自行车比赛等运动中，通过将自己猜的可能会中的号码写在纸上卖的人。

2　预检场，赛马场中，赛前牵着参赛马让人验看的场所。

3　出马表，赛马比赛中，参赛赛马的信息一览表。

是越过冈濑正平的肩头，看了一眼他买的马券，便赶紧闪开了。

对冈濑正平来说，五千日元并不算多，仅仅是小试一把。

冈濑正平买了马券后又返回看台。

在初春明媚的阳光下，马场里的小草吐出了嫩芽，赛马道上的白沙闪闪烁烁，春风也温暖和煦。

冈濑正平站在看台上，透过前面观众的肩头缝隙望着马场。在马场上，排成一溜的赛马冲出了起跑线。

只见骑手们穿着五颜六色的赛马服在场上纵马奔驰，转眼间已经跑了一圈，从底井武八面前跑过去了。原本挤作一团的赛马，很快便排成了一列，踩着同一节奏般狂奔着。

尽管没有买马券，底井武八也不知不觉地看出了神。在白云飘浮的蓝天下，那闪耀着光泽的黑褐色马群简直太美了。观众中发出了呐喊声。

最后一圈了。底井武八在心中暗自下注的马不断地超越着其他的赛马，进入直道后，三匹马几乎并驾齐驱，疾速飞奔。场内的呐喊声愈加高涨。

底井武八为了看到赛马撞线的瞬间，踮起了脚尖，伸头观看。由于赛马几乎同时冲过终点，观众们看不清是哪匹马获胜。

此时大批观众已开始离开看台去领取中奖彩券。由于胜负在毫厘之间，肉眼难以判定，在等待比赛结果的时候，观众席上一片寂静。

这时，底井武八才发现冈濑正平不见了。他拼命地四处搜寻，也没有找到。

也就是转眼间的事。当赛马进入直道时，他还用余光向冈濑正平那边瞟了一眼，那时冈濑确实还在。大概是在底井武八踮起脚看最后决胜时，冈濑正平跑掉了。

底井武八急眼了，拼命地寻找起来。

这回想找到冈濑可没有那么容易了，仅看台上估计就有一万多人。

场内开始广播了，告示牌上出现了比赛的结果。5—3没有中。

冈濑正平并没去领奖金。难道说，他发觉了自己被人跟踪，机敏地甩掉了跟踪者吗？一直以为没有被对方发觉，其实是自己太大意了。

底井武八直冒冷汗。他边想着“还有一场比赛，还有一场比赛”，边在售票处和看台之间来回寻找，但最终也未能发现冈濑正平的身影。

底井武八垂头丧气地回到点心铺。

跟踪冈濑正平到了那么远的赛马场，却因为一时疏忽让他跑了，太让人懊恼了。

但是，这次追踪至少能确定冈濑正平去过府中的东京赛马场。

第一场比赛时冈濑正平买了五张一千日元的马券。仅仅知道这个并不是什么大不了的收获。

问题在于他之后又买了多少马券。

底井武八在每一场比赛前，都会去马券售票点前蹲守，却没有发现冈濑的身影。可见，冈濑正平在那之后并没有买马券。不过，售票点很拥挤，也有可能没看到他。

此外，在马场内也有私人设立的、被称为黑赌场的马券售卖点，冈濑也有可能在那里购买了马券。无论是哪一种情况，就这样把冈濑正平跟丢了，真是悔之莫及。

回到住处后，底井武八透过那个拉窗的小孔窥视正对面的杂货铺时，只看到冈濑正平的叔叔冈濑荣次郎在忙着整理货物，没有看到冈濑正平，他好像还没有回来。

底井武八一直在赛马场待到最后一场比赛。所以，冈濑正平可能从赛马场直接去了什么地方，或者中途偷偷溜出了赛马场。

按说，他是不会不回杂货铺的。

不管怎样，必须先向总编汇报今天发生的事。底井武八这样想着就下了楼，借用电话打给报社。

总编很快接了电话。

“客人怎么样？”

客人指的是冈濑正平。

“今天他去了府中赛马场。我也跟到了那儿，刚刚回来。”

“他赌马了吗？”总编问道，“买了几张马券？”

“最开始买了五张一千日元的马券。”

“嗯，然后呢？”

“之后由于我的疏忽大意，找不到他了，所以不知道买了多少。”

“你被他甩了吗？”

“说不好是不是被甩了。都怪我疏忽大意。”

“这怎么行呢？”总编大声呵斥道，“为什么不盯紧呢？”

“对不起，以后我会注意的。”

“那家伙既然去了赛马场，说明很可能有藏匿的钱。从他购买马券的方式就能大致猜到。”

总编的看法和底井武八想的差不多。

“那么，府中的赛马到什么时候结束？”

“还有七天。”

“冈濑可能还会去。这次你一定给我看紧了。”

“知道了。”

“那家伙现在回叔叔家了吗？”

“还没回来。”

“嗯，难得出门一次，可能是到哪里去玩了，晚上会回来的。听好了，下次不能再犯错误了。”

“是。”

晚上，底井武八透过拉窗小孔望去，看到冈濑正平的影子在杂货铺的二楼时隐时现。

那家伙果然回来了，底井武八悬着的心终于放下了。

这样看来，他明天一定还会去府中，这次绝对不能搞砸了。底井武八暗暗下定决心。

从今天的情况看来，冈濑正平明天也可能上午在杂货铺干活，下午外出。

但是，冈濑正平什么时候去取隐匿资金，完全无法知道。

只是在买马券上花钱的话，并没有多少。但是，他眼下可能也在小心提防跟踪，所以底井武八必须耐心等待时机。一想到这些，底井武八不禁有些烦躁。

看样子总编打算让他一直在这里盯着。

“底井先生！”晚上八点多，楼下的点心铺老板娘喊他，“有人找！”

有谁会这会儿来呢？底井正想着，只听楼梯一阵吱嘎作响，总编出现在自己面前。

“嗨！”山崎总编单手拎着一瓶威士忌，“来慰劳慰劳你啊。”说着，把手里的东西递到了底井武八的眼前。

“不好意思。”

“怎么样？那家伙在吧？”

总编赶紧拿起放在窗边的双筒望远镜，贴到拉窗的小孔上。

“在的，在的。”总编看着冈濑正平的影子说道。

山崎治郎早先在一家大报社工作，因太自行其是，待不下去后，便跳槽到现在的报社。他四十二三岁，黑脸庞，端肩膀，一看就是个较真的人。

总编平时不轻易出动，今天却特意跑到这里来，大概是后悔刚刚在电话里呵斥了我，特意来这里犒劳我的吧，而且还带了威士忌。底井武八心里想。

难道总编对冈濑正平藏匿的钱，有这么大的兴趣吗？

总编仍然弯着腰，把望远镜对准拉窗上的小孔，专心地窥视着冈濑正平的动静。看着总编这副样子，底井武八突然对他产生了怀疑。

3

底井武八工作的报社是只发行晚报的三流报社。正因为这样，该报刊登的大多是揭露别人隐私的八卦或者耸人听闻的新闻，并以此为卖点而畅销。

所以，山崎治郎总编让底井武八跟踪冈濑正平，是为了设法找出他隐藏的巨款，进行大肆报道，使之成为令人震惊的大新闻。底井武八自然知道总编的这一企图。

但这是山崎总编唯一的目的吗？

此刻，底井武八看着将望远镜贴在拉窗的小孔上，全神贯注地监视冈濑的山崎总编，心中不禁产生了其他的疑惑。

（或许山崎是企图通过让自己调查冈濑，掌握冈濑隐匿巨款的证据，然后以此来要挟冈濑，向他索要一半的钱吧。）

山崎总编平日不怎么外出，总是坐在桌子前面，但对这件事却罕见地投入。傲慢的山崎亲自来到底井武八的监视点这个行为本身就颇为可疑。

底井武八产生了这个疑惑后，觉得自己有点愚蠢。他总觉得山崎治郎是出于一己私利在利用他。

观察了半天之后，山崎将望远镜还给了底井武八。

“看样子，那家伙暂时会待在杂货铺的二楼。”山崎满意地说。

“这样看来，得准备打持久战了。那家伙很谨慎，估计眼下不会有什么行动，所以你也要耐下心来蹲守。花多少钱都不要紧，你的劳务费我会另外支付的。”

“我有精神准备，不过，总编，”底井武八打算试探一下，“那家伙说不定真的没有钱了。如果是这样，我在这里蹲守也是无用功吧。”

“不会，不会，”山崎治郎很有把握似的摇晃着黑脸说，“那家伙肯定藏了钱。我有这个把握。不是吹嘘，至今为止，只要我瞄上的事，都是八九不离十。至于冈濑的事，我的预感也不会错的。”

总编对此胸有成竹。

“是吗？不过，即便如此，如果冈濑在这里住个一年半载的话，我也不能一直在这里陪着他呀……”

“你听我说，”总编很果断地说道，“不会等到一年以后的。我看，最多也就是这一个月见分晓吧。因为冈濑那家伙在坐牢之前穷奢极欲惯了，现在的他仍然忘不了那美梦。而且是在坐了长达七年的牢之后啊。他不可能一直忍耐下去的。”

山崎还极力地劝说：“我知道你很疲惫，但接下来这一个月是关键，一定要坚持住，拜托了。”

他的语气很温和。和刚才听说在赛马场跟丢冈濑后，在电话里破口大骂的声音简直判若两人。

他平日里总是板着一张脸，这会儿却满面笑容，似乎很懂得如何笼络年轻部下。

“你看看，这里还有威士忌，你要打好这场持久战。这是你和冈濑比耐心的时候。我知道,你守在这里多有不便,所以,需要我做什么尽管开口。千万不要客气，直接跟我说。”

山崎似乎有点不放心，再一次把望远镜对准了拉窗上的小孔。

“唉,那家伙准备睡了。”他一边盯着望远镜,一边自言自语似的说道。

“看他现在的样子，表现得很老实。只是不知道他能装到什么时候。”

总编放下望远镜，问道：“他明天还会去赛马场吗？”

“我也不知道。”

“我觉得他明天一定还会去。那家伙是个赛马迷嘛。今天去看赛马，就说明长期压抑的欲求再也无法克制了。人就是这样，一旦开了头，便会上瘾的。他明天一定会再去的。这次你看紧了，千万别跟丢了。”

“知道了，我尽量一直跟到他回来为止。”

“嗯，请一定要跟住。”

“但是，总编，如果冈濑藏有巨款，那他究竟藏在哪儿了呢？”

“不知道。”

对于这个问题，山崎似乎也没有答案。

“他有可能以匿名存款的方式将钱存在银行。当时，警方也是这样考虑的，于是频频对他的银行账户进行调查，却没有什么发现。此外，警方也猜想他有可能将成捆现金塞到旅行箱或是什么东西里，然后把它埋到某个地方。但是,冈濑那家伙非常狡猾,闪烁其词的,最终也没有坦白。”

“他会不会把钱寄存在某个人那里了呢？”

“应该不会吧。据说调查那些女人时，她们说只是每个月从冈濑那里得到津贴而已。而且，他是不可能将这么多钱放心地寄存在别人那里的。因为冈濑会充分考虑到自己坐牢期间，寄存在别人那里的钱会不会被人挪用。”

第二天一大早，底井武八就透过拉窗上的小孔开始观察。

这家杂货铺开门比较早。冈濑正平像往常一样出现在店里，很勤快地整理货物，卖东西给客人。他穿着旧毛衣和皱皱巴巴的裤子，看起来就像个二掌柜。

来买东西的客人们似乎都没有意识到，此人曾是轰动一时的贪污公款的罪犯。

冈濑正平如女子般白皙的脸上一直挂着和蔼的微笑，八面玲珑。看他的样子，哪里像是曾经挪用了五亿日元公款、大肆挥霍的人呢？

底井武八一边观察着冈濑正平，一边想着山崎总编昨晚的行为，觉得自己实在太愚蠢了。

“我好像不是在为报社工作，而是为了满足总编的野心，被他当作跟班使唤了。”

底井武八越想越觉得山崎总编可疑，果真如此的话，他今天就想从这个二楼撤退。

但是仔细想想，自己也对跟踪冈濑正平很有兴趣。而且，比起回到报社被支使来支使去，整天像个房客一样悠闲地坐在这里，反而更轻松。只要盯住了冈濑正平就没问题。只要能够跟紧他，观察他干了些什么，再进行汇报，就算完成任务了。

如果真的像山崎治郎深信的那样，冈濑正平藏有巨款的话，那么接下来冈濑的行动就有看头了。

这样想来，暂且不管山崎总编的企图，自己现在对此也颇感兴趣呢。

底井武八暗下决心，眼下先不要考虑总编，要把注意力都放在监视冈濑的行动上。

杂货铺上午一般比较忙。一到下午，冈濑正平就愁眉苦脸地坐在店里看店，或者打扫卫生什么的。需要提高警惕的是下午。

快到十二点时，底井武八照例又拿起那副望远镜向对面望去。冈濑正平的身影在圆镜片里时隐时现。

冈濑正平的身影好一会儿没有出现在望远镜中了，有点奇怪。底井武八有种不好的预感。

下午一点多，冈濑正平换了身笔挺的西服，走出了店门，与平时判若两人。

底井武八也赶紧准备出门。由于昨天吃了苦头，今天他决定带上那副望远镜。因为去的是赛马场，挂着副望远镜，也不会显得很怪异。

与昨天如出一辙的跟踪又开始了。不同的是，这次冈濑正平乘坐的出租车从新井药师直抵中野，沿青梅大街直行，过了荻洼之后驶入了甲州街道。

冈濑正平到达府中后，在赛马场前面下了车，在立起了幡的猜号手前面停留了一两次，然后就买了入场券毫不犹豫地进入场内。

“这次不能再跟丢了。”底井武八这样想着，紧跟在冈濑正平身后。

下午还有四场赛马比赛。

冈濑正平没有立刻去马券售票处，而是去预检场看在那儿走来走去的参赛马匹。

骑手们穿着蓝、红、黄、绿等色彩鲜艳的赛马服骑在马上，就像在时装秀上那样昂扬地走来走去。冈濑正平入迷地看了一会儿，还不时地看一眼出马表，和赛马进行比对。

然后，细长腿的骏马们在预检场排成一列朝赛马场走去。看客们有的朝马券售票处跑去，有的拥向看台。预检场的人像退潮般一下子少了很多。

可是，冈濑正平却不急着去售票处，也没朝看台方向走去，木然地站在冷清的预检场抽着烟。

由于周围人不多了，所以底井武八站在距离冈濑正平比较远的地方。那里有一棵高耸的喜马拉雅杉，树梢伸展向天空。底井武八躲在那棵树后面，眼睛一直盯着冈濑不放。

预检场那边，看客三三两两地坐在或躺在草坪上。不知道他们是中场休息的老赌客，还是兜售马券的票贩。

冈濑正平虽然刚刚来到这里，却没有买一张马券，和昨天的状态完全不同。

在旁人看来，冈濑正平是个潇洒的年轻绅士。剪裁得体的西服穿在他健美的身材上，相当帅气。这套西服和他出狱时穿的不是一套，大概是外出时才穿的吧。

冈濑正平要采取行动了，底井武八看着他的举止这样判断。

他大概是在这里和谁接头吧?

可是一直没有看到他和什么人说话。也没有人跟站在那里的冈濑正平搭话。

难道冈濑是来这里晒太阳的？底井武八当然知道不可能。冈濑马上就会有所行动的，底井武八这样想着，更加警惕地盯着他。

标志着马券售票结束的铃声响了。

不久，看台上发出了呐喊声——比赛开始了。

可是，冈濑正平对那边并没有表现出兴趣，还是呆站在预检场附近。

赛马场上，驯马师和厩务员[1]打扮的人来来去去。

比赛结束后，赛马就都回到这里来了。一名厩务员取下其中一匹马的马嚼子[2]，边走边和旁边一个三十岁光景、头戴鸭舌帽、和他同样穿着的男人说话。

1　厩务员，“马夫”的新称谓，以侍弄马为工作的人，尤在赛马界用此称谓。

2　马嚼子，“嘴笼头”之意，为了给马装缰绳，让马用嘴衔着的金属零件。

冈濑正平一看到那个男人，便大步朝他走去。

“原来如此。”底井武八紧紧盯着他。

冈濑正平和那个厩务员打扮的男人攀谈了几句。对方看到冈濑正平，也离开摘马嚼子的厩务员，朝冈濑走来。

两个人站在那里说话。

这时，参加下一场比赛的赛马排着队来到了预检场。看客又一股脑儿地拥来，这里突然变得热闹起来。

底井武八从喜马拉雅杉后面出来，混入人群，逐渐向冈濑正平靠近。

当然，底井武八听不到他们说话的声音，看样子，两人好像以前就认识。

冈濑正平在大肆挥霍赃款的时候，经常带着女人去赛马场，所以对赛马很熟悉。他和那个厩务员也许之前就认识。赛马是他喜欢的娱乐项目，现在可能依然向熟识的厩务员咨询赛马的情况吧。

两人的对话很快就结束了。厩务员依旧穿着那条腰部蓬松的裤子朝对面走去。那个厩务员手里拿着个貌似装着马饲料的麻袋，底井武八看到麻袋上写着“末吉”。

看来这个厩务员叫末吉。

冈濑正平买了下一场比赛的马券。他手握十张总价一万日元的特别券。花的钱是昨天的两倍。

也许是从那个厩务员嘴里打听到了有关比赛的什么信息吧。

昨天和今天，冈濑正平一共才花了一万五千日元，从这点花费来看，不像是藏有巨款。比赛结果和昨天一样，他再一次赔光了。看来厩务员的信息也不准确。

后面还剩两场比赛。冈濑正平毫不留恋地快步朝赛马场的门口走去。

看得出，今天他对后面的比赛不抱希望了。他上了一辆在门外排队等客的出租车。底井武八间隔了一些时间，也叫了一辆出租车。

冈濑的车从调布匝道驶入了高速路。“冈濑正平是不是因为没钱了呢？”底井武八边透过前车窗观察着前方的出租车边想，冈濑那么喜欢赛马，却只买了一场比赛。有钱的话，他应该是每场必买的。而且，他还向厩务员打听了信息呢。

冈濑的车从高井户匝道驶入了首都高速公路，朝东京方向快速驶去。

马上就到傍晚了，他大概是去吃晚饭吧。底井武八这样想着。

“司机先生，请紧跟前面那辆车。”

底井武八边想着“这次一定会有所收获”，边将身体向前探出。

一过新宿匝道的汇流点，车辆就多了起来，两车中间插进了好几辆车。底井武八的车竭尽全力，才好歹没跟丢冈濑的车。

由于永田町隧道里面是单行线，那里的拥挤程度简直无法形容，非常容易跟丢。即便如此，也好歹跟住了。冈濑的车在西神田匝道下了高速，向饭田桥方向驶去。

（怎么？他这是要去什么特别的地方吗？）

底井武八不敢大意，拼命瞪大眼睛，看到前面的车往右转了。

幸好，红绿灯这个难关也顺利通过了。

冈濑正平所乘的出租车是绿色的。这么一右转，底井武八的车就被拉开了很长一段距离。慢吞吞的话，很快又会被其他车插入。那样一来，底井武八的车便会动弹不得。

“喂，赶紧追呀！”

“知道了！”

底井武八承诺多给小费，于是司机突然提速追赶前面的车。

突然，一声刺耳的警笛响起，交通巡查边挥手边向他们的车跑过来。

底井武八不禁顿足懊恼。差一点就能查明冈濑正平的目的地了，没想到却半路杀出个程咬金。

4

最近，因为颁布了新的道路交通法，交警的判罚十分严格。

底井武八很是懊恼，怎么偏偏在这种时候碰上了交警呢，可是也无可奈何。

交警向乘客点了点头后，要求司机出示驾照，并告知超速。其实这是催促司机紧紧跟住前面出租车的底井武八的责任。

交警表情严肃地看了驾照后还给了司机，司机不停地鞠躬道歉。

但这次交警只是提醒了司机一下就走了。

司机踩下油门，但此时已有很多车辆堵在前方，根本别想继续跟踪了。

“先生，已经追不上了。”司机开口道。

“没法子，太倒霉了。”

“是啊，真对不起。”

“不，都怪我，太催你了。好在不用缴罚金。”

“是啊，这倒是运气。最近只要稍微超点速就会被扣分，还得被罚个一万元左右，赚的钱全搭进去了。”

可见对于交通法的严罚主义，司机们很不满。

前面的车流好像是在等红灯，一直没有动弹。

冈濑正平乘的出租车到底逃到哪里去了呢？

反正也追不上了，随便去哪里转一圈回去吧。现在也只有到处撞大运了。

“司机师傅，右转一下吧，去神乐坂。”

去那边也是因为那个方向车辆较少。

前面的车终于开动了，司机向右打了方向盘。

出租车驶上了通往神乐坂的早稻田大街。这是一条商业街，途中经过毗沙门天。

“先生，在哪儿停车？”

“我看看……”

底井武八正在思考时，司机突然提高了声音说道：“先生，对面开过来的那辆车，就是刚才跟踪的出租车！”

底井武八顺着司机所指的方向望去，看见有五六辆车正朝这边开来，那辆绿色中型出租车就在其中。

“绝对是那辆车，刚才那辆车就是东和公司的出租车。乘客好像已经下车了，车里是空的。”

“你还记得车牌号吗？”

“稍等，再稍微靠近一点就能看见车牌号了。”

那辆车渐渐开近了。

“没错！”司机看清了车牌号，大声说道。

“你让那辆车停下！”底井武八立即吩咐道。

司机没有说话，摁了两声喇叭。

大概是听到了喇叭声，那辆绿色出租车在和底井武八所乘的出租车擦肩而过时来了个急刹车。司机从车窗探出头来，诧异地望向底井武八他们这边。

底井武八将手伸出窗外示意对方等一下，匆忙地付了出租车费，当然也没有忘了事先约定的小费。

底井武八走近绿色出租车，那位司机仍是一副迷惑不解的表情。

“司机师傅，向您打听一下……”底井武八对这位三十岁光景、面庞瘦削的司机笑着说道，“您刚刚是不是从府中赛马场载了一个乘客到这里来？”

“是啊。”

听到这里，底井武八心中一喜。

“那位乘客是在哪里下的车？”

“在毗沙门天旁边那条街的入口处。”司机疑惑地打量着底井武八回答道。

“在哪一家店门前？”

“这个我就不清楚了。”

底井武八赶紧从钱包里掏出三张一千日元的钞票塞进司机手里，说道：“耽误您时间了，真是不好意思。”

“这个我不能要……”

司机虽然推让着，但冷淡的表情立刻消失了。

“请问那位乘客进了哪家店呢？”底井武八再次问道。

“那个客人一直穿过毗沙门天旁边的那条小巷，向有料亭[1]的地方走去了。他之后去了哪里我就不知道了。”

底井武八绕过毗沙门天的拐角，沿着那条小路往前走。

能够偶遇冈濑正平乘的出租车，查到他的去向，着实幸运。真希望这样的幸运能够再降临一次。因为他觉得冈濑正平说不定此时就在这附近的某条街道上走着呢。这一带都是外观雅致的房子，料亭的招牌一个挨一个。

街上灯火通明，夜生活开启了帷幕。

1　料亭，高级日式饭馆。

不知冈濑正平到底去了哪里，底井武八在附近的小路上来回寻找。这次他可没有那么好运，身边来来往往的都不是他要找的人。

冈濑正平到底为了什么事到这个地方来呢？

难道是因为冈濑正平想起了自己“黄金时代”时曾来过的某家料亭而来？但是，冈濑正平那时好像没有来这种地方玩乐过吧。像他那么年轻的男人，和这种地方应该挨不上边啊，他一般都是去夜店或者酒吧玩乐。

因此，他应该没有来过这种料亭。那么，他为什么在这里下车呢？

底井武八渐渐地走累了。这样毫无意义地转来转去也不是办法。看来今天没有那么好运，会与冈濑正平不期而遇了。

底井武八叫了辆出租车，回到了新井药师的点心铺。

底井武八一回到房间，就赶紧透过拉窗上的小孔窥视对面的杂货铺。店里的灯光很昏暗，也许是自己房间灯光太明亮的关系吧。只见他的叔叔冈濑荣次郎在闲坐看店，他的秃头一动不动的。

望向杂货铺二楼，关着的拉窗黑乎乎的，看来冈濑正平还没有回来。

难道说那家伙去了神乐坂附近后，到现在还没有回来？或者，他早就离开那里去了别的地方？

不管是哪一种情况，他现在肯定还没有回来。

底井武八每天必须向山崎总编汇报一次跟踪的进展，于是他下楼向点心铺借用了电话。

“冈濑正平今天又去了赛马场。”底井武八汇报道。

“是吗，这次没跟丢吧？”电话那头传来了山崎总编粗声粗气的声音。

“我一直跟着他。冈濑正平今天就买了一次马券。”

“买了多少钱的？”

“一万日元。”

“之后呢？他干了些什么？”

“在那之前，他好像向一位厩务员打听了有关比赛的信息，即使这样还是没有猜中，一万日元的马券一下子都输光了。然后，他哭丧着脸走出赛马场，上了一辆出租车。”

“去了哪儿？”

“去了神乐坂。”

“什么？神乐坂？”

“嗯，在毗沙门天旁边，他在那里下了车。”

“奇怪？他怎么会去那儿？”山崎总编似乎也很奇怪。

“之后又去哪儿了？”

“之后，我就跟丢了……”

“跟丢了？”山崎总编大声问道。

“啊，那是因为……在那边老是有别的车插进来……再加上天色已晚，所以就跟丢了。”

“喂喂！”听得出，总编极力压抑着恼火，“昨天晚上我可是一再嘱咐你的，怎么能在关键时刻跟丢了呢？”

“对不起。”

“大概去了哪里也不知道吗？”

“那一带都是料亭，我觉得他应该进了其中一家。”

“眼下的冈濑正平，是不可能去那么奢侈的地方的。”

总编的看法也和底井武八一样。

“那家伙之前总是在银座的夜店和酒吧大肆挥霍，他应该没有这类高雅的嗜好……莫非他到那附近有什么急事？”山崎总编小声地自言自语道。

“他还没回来吗？”

“还没有回来，二楼一片漆黑。”

"没办法……"

这时，底井武八清晰地听到了山崎的咂嘴声。

"他不会就这样溜走了吧？"

"不可能。他出门时，只换了身西服，什么包都没有带。"

"嗯。从今晚开始，你给我盯紧了。那家伙下次再出门的话，一定要弄清楚他的去向哦。"

山崎治郎的声音格外温和。

那一晚，底井武八等到很晚，但杂货铺二楼的拉窗一直没有透出亮光。

晚上九点半左右，他叔叔冈濑荣次郎关上了杂货铺的门，可见冈濑正平还没有回来——平时都是正平负责关门的。

不仅如此，冈濑正平的叔叔荣次郎还走上二楼，将冈濑正平房间的防雨窗依次拉上。

即便如此，底井武八还是等到将近深夜十二点。由于杂货铺的前门都关上了，所以他不清楚冈濑正平回来了没有，只是想着也许能窥到他回来时的身影，便一直监视着杂货铺。但也不可能一直这样盯着看，大概每隔二三十分钟，透过拉窗看两眼。

对面的杂货铺关门后，就只能从旁边小巷走到后门再进入店里了。小巷里有一盏户外灯亮着，一有人经过便可以看到。然而，底井武八看了好几回，也没有看到有人走进小巷。

也不能这样一直监视下去，底井武八打算睡觉了。

到底要这样监视到什么时候呢？底井武八躺在床上，盖上被子，渐渐感觉自己所做的事情简直是在浪费时间。

若是特别有意义的事情，底井武八还是很有干劲儿的，可是即便追查到了一个曾经的公务员隐匿的钱，又有什么意义呢？不过是让读者知道曾经有过这么一件事，为他们提供一些回忆事件的谈资罢了。

这也就算了，真正让底井武八反感的，其实是总编山崎治郎对这件事表现出来的野心。总编的举止实在是可疑，总让人觉得他的动机不纯。如果这个感觉没有错的话，自己不就是被山崎个人利用的工具吗?

但是，现在还不能证明自己的猜测是准确的。而且，自己此刻也没有勇气因气愤而递交辞呈。虽说那是个三流的报社，但若是现在辞职，明天就会失业。于是他再一次深切地感受到，自己必须尽早开始物色个好一点的工作单位。

底井武八在不知不觉中睡着了，但一整晚都在做梦，虽然不记得是什么梦了，但都是些令人不悦的梦。

第二天早上一睁眼，已经是九点多了。由于昨晚监视到很晚，他一不小心睡过了头。

底井武八一起床，便透过拉窗的小孔向杂货铺望去。只见杂货铺已经开门营业了。冈濑正平和往常一样，穿着那身脏兮兮的工作服正在卖东西。

这家伙昨晚是什么时候回来的?

看他的精神还不错。若是今天一早回来的，他的脸色也太好了吧?

是我睡着后回来的?还是在监视的间隙回来的?

无论是哪一种情况，冈濑正平是因为什么事回来晚了，这一点毋庸置疑。

大概是到哪里去消遣了?不，不，不可能。从昨天跟踪他的出租车的情况看来，冈濑正平显然是直奔办事地点而去的。

他是为了隐匿巨款的事情去的吗?但是，隐匿的钱不大可能在神乐坂。实在无法判断。

不管怎样，此时冈濑正平就在眼前，暂时可以安心了。看他的样子短时间内应该不会出门了。因为府中的赛马比赛到昨天为止全部结束了。

底井武八不紧不慢地洗了脸，然后摁下了电饭锅开关。

眼下没有下饭的菜，他就出门到附近的副食店买了煮豆、炸肉饼和半根腌萝卜干。只是自己一个人的饭菜，这些足够他吃一天了。

他买完东西刚准备回去，突然看到在路对面的杂货铺前面，冈濑正平穿着昨天那套西服，手里提着旅行箱，正在和叔叔荣次郎说话。

底井武八不禁大吃一惊。

他赶紧回到租住的点心铺，跑上了二楼。

他就像要赶赴火灾现场的消防员一样火速地忙活起来，一边系领带一边透过拉窗的小孔向外望去——冈濑正平依旧站在那里和叔叔说着什么。

底井武八一边穿上衣服，一边跑下楼去，穿鞋的时候向外一看，冈濑正平已经不在了，叔叔荣次郎也不见了。

他跑到马路上，往四周看了一圈，发现冈濑正平在前方大约三十米的地方拦下了一辆出租车，正准备上车。惊慌失措的底井武八赶紧向后方搜寻，不巧的是，这次没有其他出租车过来。这时，冈濑所乘的出租车已经快速驶离了。真是大意！就因为去副食店买东西，错失了良机。

冈濑正平今天提了个旅行箱，看样子是要去很远的地方旅行。

此时，冈濑正平的叔叔荣次郎正好从店里出来了。事到如今，底井武八不能不摘下面具了。

底井武八进入杂货铺，径直走到荣次郎面前。

“我是冈濑正平先生的老朋友，他现在在这里吗？”

荣次郎并不认识每天在自己家对面监视的底井武八，对他说：“正平刚刚去饭坂了。”

“饭坂？饭坂是……”

“福岛县的饭坂温泉。正平家祖辈的墓地都在那附近。他母亲的坟墓也在那里，他去扫墓了。”

冈濑的叔叔以为眼前的人是侄子的朋友，说得很详细。

5

底井武八立即返回点心铺，打电话联系山崎治郎。

“冈濑正平刚刚去了福岛县的饭坂温泉。”

“什么？去了饭坂？”电话那头传来山崎疯狂的喊叫声，“什么时候的事？”

“就在刚才，出租车刚从这里出发。”

“为什么不追上去呢？”

“钱不够了。买火车票的钱倒还有，但如果要在那里留宿的话，钱可能不够，毕竟我也不知道他要在那里住几天。”

电话那头传来了山崎的咂嘴声：“他坐几点的火车？”

“我刚刚问了正平的叔叔，他说是十一点三十分从上野出发的车。”底井武八边说边看了看自己的手表——距离发车只有三十分钟了。

“好，你现在就叫一辆出租车，赶到上野火车站，我带着钱到那里和你会合。我们就在售票处见。”山崎赶忙说道，“明白了没有？”

“知道了，马上出发！”底井武八说着便向屋外飞奔而去。

人倒霉的时候喝口凉水都塞牙，开过来的出租车全部都有乘客。之后就连个出租车的影子都看不到了。

底井武八真是心急如焚，从这里到上野站最快也要半个小时。

等出租车的时间一分一秒地过去，现在距离发车只剩二十二三分钟了。

终于来了一辆空车。

他一上车就吩咐司机说："到上野站，麻烦开快点，没有时间了！"

"几点的火车？"

"十一点三十分。"

"肯定赶不上了。"司机想劝说底井武八下车。

"赶不上也没办法。无论如何，请尽可能赶吧。"

车飞速地行驶起来，因为是小型轿车，底井武八有点害怕。要是发生交通事故，可就吃大亏了。

"司机先生，"他阻止了司机，"既然已经赶不上了，请慢慢开吧。"

"肯定赶不上，那么我就不开快车了。"

此刻山崎治郎一定在上野站焦急地等待着。相反，冈濑正平想必正悠闲地坐在火车上等待着发车。还有五分钟就要发车了，但是底井武八所乘的出租车才驶下音羽护国寺门前的斜坡。

十一点三十分时，出租车才开到东大农学院的红砖院墙处。

从池之端出来后又遇上了红灯，所以底井武八在上野站下出租车时，已经是十一点四十五分了。

山崎见已经赶不上火车了，便汗津津地站在停车场等着底井武八。

"实在对不起。"底井武八赶忙道歉。

"没办法。我也是勉勉强强才赶上的，你根本赶不上。"

"如果有出租车就好了，就是等不到。"底井武八辩解道。

"真可惜，眼睁睁地看着火车开走了。如果我能去的话，真想跟着他上车。"山崎这样说道。

"我们找个地方喝杯茶吧。"山崎失望地说道。

他们穿过马路，进入广小路附近的一条小巷，随便进了一家咖啡店。

山崎并没有流露出让底井恐惧的不悦神色，用热毛巾使劲擦拭着自己黝黑的面庞。

“唉，要是再也找不到那个家伙的话，我会急死的。”山崎表现得很焦虑。

“是啊，冈濑出狱的时候就说想去给祖先扫墓，这次是兑现了。”

“没想到他还是个孝顺的人。”

“听说他母亲的坟墓也在那儿。他被捕时也说过，老妈已经去世了，所以不会让她伤心了。”

“那家伙的老家是饭坂吗？我还是第一次听说。是饭坂的哪儿啊？”

“这也是听他叔叔说的。我谎称是冈濑的朋友，才从他嘴里套出来的。”说着底井武八便把记下的地名递给山崎看。

“听说这个村子就在饭坂附近。”

“是吗？对了，他有没有说冈濑什么时候回来？”

“他说冈濑预计在那里待两天，也可能稍微延长几天……我要不是钱不够了，早就追过去了。”

“我拿着钱赶到火车站，还是晚了一步。算了，只能等着他回来了……对了，有一件事我不太明白，昨天你是说那家伙在神乐坂下了车吧？这一点我怎么也想不通，他和那样的地方到底有什么瓜葛呢？”

“我也不太明白。他回东京后有可能会再去一次，那时，我一定查清楚。”

“好的。”山崎一边吸烟，一边思考着。

“总编，我接下来应该做什么？”

“没什么可做的。在他回来之前，你先到报社休息两三天吧。”

底井武八过了两天悠闲的日子。山崎总编可能是为了慰劳底井武八，几乎没给他分配工作。但是，底井武八还是感觉山崎这样做是为了笼络他。

不过，无论是哪一种情况，不用到外面去跑采访，就知足吧。

他每天都无所事事地在报社闲着。

“明天应该差不多了。”山崎治郎把底井武八叫过来，悄悄对他说，“明天就是第三天了。那家伙该回来了。你辛苦一下，明天继续工作吧。”

山崎所说的工作当然是继续监视冈濑正平。

底井武八听山崎这样说，虽然感觉自己又要被他利用了，但想到他刚让自己玩了两天，便下决心鼓足干劲，全力以赴。而且他预感冈濑正平这次扫墓回来，说不定会有什么大的动作。

谁料想，第三天早上，底井武八在浏览其他报纸的社会版时，突然从嗓子眼儿里发出了一声骇人的惊叫：

“侵吞公款的冈濑正平在福岛县遇害！”

这是印在报纸上的大标题。他屏住呼吸将这篇文章读完。

四月二十二日晚十时许，附近居民在福岛市饭坂镇中野的福善寺后面山林里，发现一具三十岁左右、被勒死的男性尸体，于是向辖区派出所报了警。警方通过尸检，推断死亡时间为两至三个小时前，并通过现场遗留物品，确定死者系现居东京都中野区新井药师 ×× 号的冈濑正平（三十二岁）。

死者于当天下午六时许，曾求见该寺住持笹持哲承师父，称其是来为其母扫墓的。据悉，案发时间为当晚七点至八点之间。目前暂未寻找到目击证人。

此外，该受害人已确认是昭和 ×× 年因在 N 省挪用五亿日元公款而轰动一时的冈濑正平。辖区警署目前正在搜寻疑犯下落。案发地位于著名的饭坂温泉以西两公里处。

底井武八瞪着血脉贲张的眼珠子，将此报道反复看了好几遍。这消息无异于晴天霹雳。

大约三十分钟后，底井武八的心情终于平静了下来。经历了最初的震惊后，亢奋的情绪渐渐平静下来，他开始思考冈濑正平是为什么被杀害的。

冈濑正平为了扫墓去那边的事，底井武八是从冈濑叔叔那里打听到的。正如这则报道所说，冈濑正平还去拜见过他母亲的坟墓所在寺庙的住持，可见扫墓是确有其事。

那么，到底是谁，为了什么而杀死冈濑正平呢？

最初，人们推测凶手是为了抢劫冈濑正平所持巨款而将其勒死的。也就是说，是抢劫杀人。

但是，在底井武八看来，冈濑正平是不会携带巨款去扫墓的。

倒不如说，凶手认识冈濑正平，是一起有预谋的杀人案更为合理。

冈濑正平大概事先向某人透露过他将回乡扫墓。于是，凶手从东京开始便尾随他，并在他扫完墓后，将其骗至人迹罕至的山林中，趁其不备将其杀害。

但是，杀人动机是什么呢？

冈濑正平挪用的是公款，因此不会直接招致私人的怨恨。虽然这件事在当时引起了巨大的公愤，但是将这种公愤转化为个人的报复行为，是不可能的。那么，凶手还是为了冈濑正平所藏匿的巨款而将其杀害的吗？

即便是这样，凶手也没有必要处心积虑将其杀害。据悉，凶手似乎并没有拿到冈濑正平所藏的钱，将其杀害的话，反而更不可能拿到这笔钱了。

那么，就是有人逼迫冈濑正平说出藏钱地点，但最终没有成功，而起了杀机。

这个猜想好像是正确的。

底井武八把那份报纸揣在口袋里，赶往自己工作的 R 报社。

走进脏乱不堪的编辑部，山崎治郎正一脸愁容地坐在桌子前，目不转睛地盯着同一则新闻。

总编很少来这么早，此时，报社里还没有一个职员。

山崎治郎听到脚步声，便抬起头来，他的神情十分忧郁。

“简直糟透了！”

山崎的脸上既不是意外，也不是困惑，而是迷茫的表情。

山崎治郎和底井武八就冈濑正平被杀一案交换了意见。

他们的想法大同小异。山崎治郎表达的观点和底井武八所想的基本一致。

眼下，有关凶手的情况只能等待警方的调查了。

“太可惜了……”山崎治郎叹息不已。

“那家伙如果能多活两天，我一定会让他吓破胆的。”

山崎对于揭露冈濑隐匿巨款的报道之事仍然心存不甘。他本来企图以此作为引起人们关注的头条新闻，大肆炒作一番的。

然而，底井武八听了还是不明白山崎的真正意图。山崎之所以失望，难道不是因为冈濑藏匿的钱被抢走，致使自己的期望意外落空的缘故吗?

“喂，”山崎治郎突然双眼发光地盯着底井武八说道，“冈濑那家伙在那种地方被杀了，说明他藏匿的钱现在还存放在某个地方呢。”

山崎的想法是有道理的。冈濑正平是不可能带着藏匿的巨款回饭坂的。因此，如果这一大笔钱被藏在某个地方，那么他本人一死，这些钱便会凭空消失。

底井武八意识到山崎很执着于这个想法。

“也是啊。”

“一定是这样的吧？那家伙一定把钱藏在了某个让人意想不到的地方。他一死，谁也不知道这些钱在哪儿了。但是，这并不意味着可以永久藏匿。因为人是有智慧的。区区冈濑藏钱之所，我们不可能想不到的。怎么样？接下来我们就找找钱在哪儿吧？”

山崎治郎总算露出真面目了。

他抛弃了为了搜集报道材料之类的冠冕堂皇的借口，暴露出盗贼般的企图了。其叵测居心清清楚楚地写在他的脸上。

“好啊。”底井武八暂且同意了他的提议，但心中却想，我怎么能让山崎总编这种人为所欲为呢。

看到冈濑正平被杀，底井武八也对这件事越来越有兴趣了。凶手杀人的动机如果真的和冈濑藏匿的巨款有关，底井武八想要凭借自己的努力查出真相。

由于这只是自己的猜想，眼下还无法说什么。听说当地的主管警署正在搜捕杀害冈濑正平的凶手。底井武八有种强烈的预感，警方应该抓不到凶手吧。他不能不这么想。

杀人动机单纯另当别论，但如果是为了隐匿的巨款，那么凶手就不会轻易露出马脚。

“这算怎么回事啊，冈濑正平回乡扫墓，就好像特意去送命似的。”山崎抒发着自己的感慨。

“是啊。因为去了饭坂才被杀的，你也可以这么认为。但我总感觉，即使他人在东京，也说不准什么时候会遭此噩运。”

“是吗？”山崎总编盯着底井武八问道，“这是为什么呢？”

“像总编说的那样，这次的事件如果和他之前藏匿的钱有关的话，那么我认为，冈濑正平无论在哪里都逃不过被杀死的命运。他不过是偶然回到福岛县饭坂附近，在那里被杀了而已。”

“嗯。这么说，有人从东京就开始跟踪冈濑正平了？”

“我认为是这样的。凶手恐怕不是饭坂当地人。如果和冈濑之前隐匿巨款的事有关的话，我想凶手就是东京人。”

“很好！”山崎治郎握紧拳头砸了桌子一下说道，“这就干！”

“干什么呀？”底井武八看着跃跃欲试的山崎问道。

“既然是这样，我们应该去一次案发现场。暂且不论警方有没有抓住凶手，我们也有必要去看看案发现场的情况。你今晚可以出发吗？”

“今晚吗？”

“坐今晚晚些时候的火车的话，明天一大早就能到。辛苦你了，拜托了！”

虽说这是个三流报社，但是到福岛县这种偏远地区出差，说明山崎总编有多么投入此事了。

但是底井武八爽快地答应了。因为他自己也想去案发现场看一眼，毕竟是花了那么长时间，付出了那么多努力监视的冈濑正平被杀了。

山崎治郎立即递给底井武八五万日元。

“你回来之后再结算。”

山崎看着底井武八将钱放进钱包后，点了根烟。

“早知道事情变成这样，当时就应该查清楚冈濑到神乐坂附近的哪里去办事了。”

山崎又想起了之前的事，不无遗憾地嘀咕道。

事已至此，即使责备底井武八也于事无补了。

第二章　地下金库

#1

底井武八坐上了二十三点四十分由上野始发的夜行列车。此班列车将于第二天早上七点多到达福岛。其他列车由于是夜里到达,反而不方便。

车厢里面十分拥挤。列车到达宇都宫时有人下车了，底井武八终于坐到了角落的座位上，可以睡一觉了。出发前，他在一家常光顾的新宿关东煮店喝的酒起了作用。

底井武八在福岛站下了车,早晨清冽的空气扑面而来,顿觉神清气爽,他赶紧上了站前的一辆出租车。

不过，上了车后底井武八才意识到，冈濑正平乘坐的列车是上午十一点三十分由上野站发出的，如果那班列车是普快的话，那么冈濑下午四点半左右就能到达福岛县。但是，冈濑正平去祭拜母亲，被杀害是在两天之后。这么说，那两晚应该是留宿在什么地方了。

他大概住在乡里的亲戚家，或者饭坂温泉附近的旅馆吧。底井武八不禁产生了这样的疑惑，但是现在还不清楚这和冈濑正平被害有着怎样的关联。

底井武八将事先记在笔记本上的地名告诉了司机。司机把他拉到了指定地点，底井武八一下车，看到眼前是荒凉的乡间。此地面朝一望无际的平原，背靠着平缓的山丘。

“是这个地方吗？”

“是的，这就是中野。”

除了出租车经过的如一条白带般延伸的国道外，映入眼帘的都是大片的桑田和梨园。防风林环绕的小村落零星可见，底井武八下车的地方便是其中的一个小村落，那里只有十二三户人家。立着公交车站牌的地方有一家集杂货铺、点心铺和香烟店于一体的小店。

底井武八付了钱，让出租车回去了，然后走到店里打听福善寺的方位。

老板娘告诉他：“沿着这条路一直走就是福善寺了。走到头有一个小村落，你从那里往左边去，右手边便能看到寺庙的房顶。”

于是，底井武八便出发了。

桑田中间有一条小径，桑树已经冒出了嫩绿的新叶。

福善寺位于山脚下，周围一带都是茂密的森林，寺门就掩映在这片树林中。

这是一座十分古老的建筑。

底井武八登上了低矮的石阶，走进山门后，石板路直通正殿。杂草从长满青苔的石缝中倔强地伸出脑袋。

底井武八没有去寺院，而是先朝墓地走去。

从寺院侧面可以通往墓地，低矮的竹篱笆将其与寺院分隔开来。

穿过形同虚设的栅栏门，底井武八便看到了山丘斜坡上的一大片墓地，墓地对面是青黑色的山林。他想起新闻报道中曾提到过，冈濑正平正是在那一片山林中遇害的。

底井武八必须要找到冈濑正平母亲和祖先的墓碑。但是墓碑太多了，若是一个一个地按刻在墓碑内侧的俗名去寻找，可就太费劲了。

若是能碰上个和尚问一下就好了。但周围一片寂静，连个人影都看不到。去年秋天的枯萎芒草已然变白，倒在路边。乌鸦在高高的树上嘎嘎地叫着。

底井武八心想,只好返回库里[1]向人打听一下了。他正准备往回走时，看到一个高个子的年轻和尚手持笤帚从对面走来。

底井武八加快脚步迎了上去。

“向您打听一下……”

年轻和尚停下了脚步。

“请问冈濑先生老母亲的坟墓在哪里？”

年轻和尚诧异地看着底井武八，他像是寺里的勤杂和尚。

“他母亲的坟墓在最北边。”由于冈濑正平两天前被杀，年轻和尚一直盯着底井武八的脸看。

“她的戒名[2]是什么？”底井武八再次发问。

“我带你去吧。”说着，和尚拿着笤帚先行带路了。

和尚对底井武八说：“你是从东京来的吧？”

“是啊。我和冈濑先生是朋友。我正好到饭坂温泉来，顺便来看看。”

“冈濑先生真是可怜。”和尚似乎不大相信底井武八专门跑到这里来只是为了祭拜别人的母亲。

“是啊，我看到报纸时也吓了一大跳……好像就是那片森林吧？”底井武八指着前面的山林问道。虽然他并未说出冈濑正平被害现场之类的话，和尚还是立刻点了点头。

“是啊，就是那一片。”

1　库里，寺庙里住持或者其家属住的地方。

2　戒名，也称鬼号，僧侣在佛事上为死者起的名字。

和尚指给他看——就在墓地北面的偏后方。

“真是让人不敢相信啊，就在事发前两三个小时，冈濑先生还和住持见面交谈了呢。”

“他们谈了些什么？”

“没什么特别的事，不过是来给母亲和祖先扫墓之类的寒暄话。冈濑先生对住持说：‘今天终于实现了夙愿，很高兴。’然后他好像给了住持一个小包，说了句‘这是回向[1]费’。”

“是吗，看来他非常孝顺母亲。”

“冈濑先生本性不坏，虽然也做了各种事情。”

不用说，“各种事情”指的是其侵吞公款的事。

这位勤杂和尚将底井武八带到了冈濑正平母亲的墓前。

那是个格外气派的墓碑，很显眼。那时候因为冈濑正平正在挥霍公款，所以才建造了这么奢华的墓碑吧。距今也有近十年了，石英岩的墓石也在逐渐风化。

墓碑前面还有一对石制插花筒，插花筒上刻着像是冈濑家的圆形凤蝶家徽。

两侧插花筒里都插着花，但已经枯萎了。

“这是谁献的花？”底井武八看着供花问道。

“是冈濑先生来扫墓的时候供的。”

供花的人两三个小时后就被杀害了。想到这个，底井武八觉得这些凋零的鲜花有些异样。

底井武八接着问：“冈濑先生来这里扫墓的时候，住持也一同来了吗？”

1　回向，为祈祷死者成佛而举行的供养。

“没有。冈濑先生是扫完墓后才到寺院去的。”

“你也没来？”

“没来。”

“那就是说，他是一个人来这里扫墓，然后去拜见了住持，是吗？”

“是的。”

底井武八想象着冈濑正平一个人在他母亲的墓前双手合十祭拜的场景。两三个小时后他便丧了命，就是说那是他最后一次给母亲扫墓了。不知那一刻，冈濑正平心中有什么预感掠过呢？

底井武八环视墓地周边，打扫得非常干净。

他问勤杂和尚：“这个墓碑一直是你负责打扫吗？”

“是啊。不仅是这个墓碑，这一片墓地都是我负责，每三天打扫一次。”

墓碑被石栅栏包围着，下面也铺着石头。石头撒落着少许细小的白色石屑。

“哟？”勤杂和尚跟着底井武八的视线，也看到了石屑，便伸手捡了起来说道：“怎么这里还有呢？”

“什么还有？”这句话引起了底井武八的注意，他盯着和尚被剃得青青的侧脸问道，“这里之前也撒落过这样的石屑吗？”

“是啊，不过我马上就打扫干净了。”

“你是什么时候打扫的？”

“昨天。”

“也就是冈濑正平遇害后的第二天？”

“是的，是的。”

这些情况和底井武八掌握的基本一致，除了石屑之外没有太大的出入。

“报纸上说冈濑先生是前天傍晚六点左右和住持见面会谈的，而他遇害的时间是晚上八点左右，是这样吧？”

“是的，大致是这样。他和住持见面会谈的时间是晚上六点左右。”

按照警方的推断，冈濑正平是先到母亲的墓前，然后晚上六点左右去见了住持，两个小时后在眼前这片山林中被害的。

那么，六点到八点这两个小时的时间里，冈濑正平做了什么呢？

“冈濑先生见完住持之后，是一个人回去的吗？”

“是的，他独自走出了寺院，还说要再去祭拜一下母亲。”

“也就是说，那时，没有人和他一起去，是吗？”

“是的，没有人和他一起去。”

那么，冈濑正平是独自一人再次来到这片墓地的。

底井武八这样猜想着。冈濑正平多半在这里遇到了什么人吧。这个人有可能是那个从东京尾随而来的人，也有可能是当地人。

无论是谁，都没有目击者。由于当时是夜里，肯定没有人来这里。

底井武八思索着冈濑正平是在哪里遇害的，并询问了勤杂和尚的意见。勤杂和尚好像也对此产生了兴趣，便跟着底井武八一起去了山林。

墓地和后面的山林之间隔着一道竹篱笆，但是竹篱笆很低矮，而且竹子已破旧不堪，谁都能轻而易举地翻过去。

从这里有一条小径通向山林。勤杂和尚走在前面给底井武八领路。

“就是这附近了。”走了一会儿，他指给底井武八看。

松树和杉树之间堆着其他树的落叶。地上还残留着一些发现尸体后警方用来保护现场的警戒绳。

这里的松树、杉树枝叶繁茂，阳光都穿不透。落叶下面好像有水涌出，半数落叶都被浸泡得腐烂了。

“我也来看尸体了，他就趴在这儿。”

勤杂和尚手指向一处有落叶的地方说道。只有那一块的落叶比周围的要凹陷。

之后，底井武八去拜见了寺院住持，但并未获得什么有价值的线索。

住持是一位快六十岁的老人。冈濑正平刚刚给母亲扫完墓，就被人勒死了，这事对于他来说似乎也是个不小的刺激。

“真希望早点抓住凶手，”他这样说道，“无论冈濑先生做过多少错事，但他毕竟是服了刑赎了罪后出狱的。而且，他是来我们寺院给母亲扫墓后遇害的，我真是愧疚得夜不能寐。他来时，包了些布施给我，说是母亲的回向费。但没想到，现在竟成了他自己的回向费。”

这时，底井武八将心中的疑问问了出来：“冈濑先生是突然到这里来的吗？”

“是的，没有任何前兆，事实上，我也吓了一跳。之前，他只是在为母亲修建墓碑时来过一次。后来他进了监狱，我也有七八年没见过他了。”

“冈濑先生在这附近还有亲戚吗？”

“以前有，现在可以说基本没有了。亲戚这种关系，会一代比一代疏远的。再加上，冈濑先生遇到了这种事，好像就没什么来往了。冈濑先生对我说，他这次到寺院来扫完墓后马上就回东京。”

“冈濑先生是遇害前两天的上午从东京出发的。也就是说，他在某处留宿了两个晚上。他有没有说住在哪里了？”

“……这个他好像没说。”

如果冈濑没有去亲戚家，那么他应该是留宿在饭坂温泉附近了。受了七年牢狱之苦后，他应该是打算舒舒服服地泡个温泉，休养身心吧。

住持又说：“哎呀，这里因为冈濑先生遇害，被报纸大肆报道呢。”

“是啊，连东京也大篇幅地报道了呢。但这里由于是本地报纸，恐怕报道更详细吧。那之后，有什么新的消息吗？”

“好像没什么新消息。连警方都摸不到头绪，一筹莫展呢。总之，发现尸体的时候是晚上十点钟。警方说遇害时间是八点，那个时间没有人路过这附近。另外，我完全想不通，冈濑先生为什么会被带到那片山林里去呢？他给母亲扫完墓后便来见我，然后他说要再去扫一次墓，便离开了。我以为他很快就回去了。”

对啊，问题就在于从六点到冈濑正平遇害的八点之间的这两个小时，他难道一直在墓地吗？如果是这样，他为什么要在寂寥的墓地逗留长达两个小时呢？

拜见住持前，冈濑正平不是去祭扫过母亲的墓了吗？而且还献了花。所以即使他再次到母亲墓前辞行，也应该很快就结束了呀。

这时，底井武八突然意识到一点：“冈濑先生在拜见您之前，去给母亲和祖先扫墓时不是献了花吗？那么，是否有人看到是他献的花呢？”

“是的，有人正好看到了。”听到这些，住持立即回答，“正好在那时，石匠看到了冈濑先生。”

“石匠？”

“就是建造墓碑的石匠啊。因为要建新的墓碑，他们一直在墓地干活。一共来了两个人。那两个石匠看到冈濑先生在墓碑前献花，还双手合十祭拜。”

“那么，冈濑先生第二次来到墓碑前时，那两个石匠已经不在了？”

“是的。这是石匠亲口对我说的。就在冈濑先生去库里的那段时间，他们干完活儿回去了。如果石匠一直在那里工作到夜里，冈濑先生也不会被人袭击的吧。”

该问的都问了，没有什么可问的了。

底井武八道谢后，留下了一些香火钱，便离开了福善寺。

那一晚，底井武八住在饭坂温泉。由于山崎总编出钱，他要了一间大房间，打算慰劳一下自己——因为他近来一直窝在点心铺二楼监视冈濑正平。

由于旅馆建在江边，底井武八整晚都是听着水流声入睡的。被害的冈濑正平生前的最后一夜恐怕也是这样度过的吧。

第二天一早，底井武八坐上电车离开了福岛。

一到车站，他就看到候车室里贴着一张巨大的赛马海报——福岛赛马六月份开幕。

#2

底井武八回到了东京。

他向山崎总编详细地汇报了去饭坂出差的经过。山崎闭着眼睛听着，时不时地就关键点提问一下。

山崎感兴趣的还是冈濑正平长时间在母亲墓前逗留这一点。尤其是冈濑在会见住持之前，已经在墓前待了很长时间，从库里出来后又独自回到墓前。对于这段时间的情况，山崎反复询问。

此外，冈濑正平第一次去扫墓时，附近一直有石匠在修建新墓碑，这一点似乎也引起了山崎治郎的注意。

“拜见住持之前，冈濑之所以在母亲墓前待那么长时间，是因为在附近干活的石匠妨碍了他吧？”

“妨碍？妨碍他什么？”底井武八盯着山崎油光锃亮的脸问道。

“我推测冈濑正平并不是单纯去给母亲扫墓的，他还有别的目的。”

“你是说，隐匿的钱？”

“是的，就是这个意思。石匠在附近待了很久，这一点值得注意。他是因为石匠碍眼，所以什么都没有干。”

“冈濑想干什么？”

“让我们来试想一下石匠回去后发生的事。冈濑正平被害前在那里耗费了两个多小时。但是，根据解剖尸体的法医推断，他遇害的时间是当天晚上八点。即使遇害时间有一个小时左右的误差，也足有两个小时。”

“不一定吧。没有目击者，不知道实际情况。”

“不，肯定有两个小时。他遇害的地点离墓地很近，而且，他到母亲墓前是有要事的。”

“什么要事？”

“你还记得冈濑因为贪污被警方逮捕的时间，还有他母亲去世的时间吧？在冈濑正平被逮捕前两个月，他母亲去世了。那会儿正是他挪用公款后的第三个年头。他原本就是个精明的家伙，所以他明白，这件事早晚会东窗事发。于是他开始着手隐匿贪污的钱。因为一旦被警方抓获，剩下的钱将会被全部没收。”

“我明白了……”

“那时，冈濑正平的母亲去世了，他也出席了葬礼。葬礼后不久，墓碑就建好了。通常，建造墓碑最快也要到人死后四十九天，一般都是一年左右完成。但是冈濑正平的母亲死后三个星期左右，墓碑就建好了。可以想象，是他让石匠拼命赶工的。”

“啊，原来是这样啊……”

听到这里，底井武八也明白了山崎的想法。他也认为这是有可能的。

“这么说冈濑把钱藏在母亲的坟墓里了？”

“是的，母亲和祖先的坟墓里。我想一定是这样。所以，无论警察和检察官怎么调查冈濑，既没发现现金，也没发现股票，也不知道存在哪里了。原来那家伙打算一服完刑，就去取出那笔钱。”

“具体藏在哪儿呢？”

“在墓碑下面有个放骨灰盒的洞穴。他把一百万日元的钞票捆成五十捆，装到两个旅行箱里，然后把两个旅行箱分别放到母亲和祖先的墓碑下面安放骨灰盒的地方。最后在上面盖上石板，就没有人会注意到了。谁会想到坟墓竟然变成金库了呢。”

“但是，这可能吗？母亲和祖先坟墓里的骨灰盒怎么办？”

“如果有骨灰盒，旅行箱就放不进去了。冈濑肯定是在被警察逮捕之前，亲手处理了那两个骨灰盒。他有可能出钱将骨灰盒寄存在远方的寺庙里，也有可能把它们埋在地底下。如今冈濑死了，就不得而知了。”

“所以，冈濑正平才在母亲的墓前磨蹭那么久啊。”

“是的。但是他第一次去的时候，由于石匠在附近干活所以没有得手。要移开重重的石板，再把旅行箱从墓里拉出来，应该马上就会被人发现。所以，他一定是一边献花，一边合十祭拜，在墓前磨磨蹭蹭地等着石匠离开。但是，石匠们一直没有离开，冈濑没有办法，只好到寺里去会见住持，说些无关紧要的话来消磨时间。”

“和住持说完话后，他再次回到墓地去，看见石匠已经离开了，然后他便动手了，是吗？”

“我想一定是这样的。”

底井武八突然想起来，怪不得他走到墓地跟前时，发现脚下散落了些细小的石屑。这样说来，那些石屑应该和墓碑的材质相同，都是御影石[1]。

那些石屑大概是冈濑正平挪动石板时，因摩擦而掉落在那里的吧。

1 御影石，花岗岩、花岗闪绿岩的石材名，因产地为御影地区而得名。

事实上，那时候勤杂和尚就嘟囔过：“已经打扫过了，怎么这里还有石屑呢？”

底井武八将这个情况告诉了山崎。

“嗯，那就更可以肯定了。”

山崎用力地点了几下头说道。但是他却满脸愁容，并没有因为自己的推断准确而喜悦。

“钱已经被偷走了。”山崎黑着脸说，“我们明白得太晚了。有人已经早我们一步知道了这些，于是他跟踪冈濑正平去了福岛。但是，那个家伙大概也没想到钱会藏在那种地方吧。如果知道的话，他早就到那个墓地去把钱拿走了。估计冈濑刚把装有现金的旅行箱从墓碑下面拉出来，那家伙就把他带到山林里将其杀害了。他若是用刀或是什么东西进行胁迫，冈濑正平只能乖乖地被带到山林里。因此，我对遇害时间是晚上八点的说法持怀疑态度。我认为，冈濑在八点之前就已经遇害了。”

听了山崎的话后,底井武八产生了同感。恐怕正如山崎所说的那样吧。而在现场看到的石屑更加深了底井武八的这种感觉。

但是，换个角度想，也有别的可能。那可是一亿日元啊，就算把一百万日元扎成一捆，也有一百捆呢。即使是把五十捆放在他母亲的墓碑下，另外五十捆放在祖先的墓碑下，那么狭窄的空间里能放进体积那么大的东西吗？底井武八突然产生了疑惑，但没有说出来。

“从东京尾随冈濑到福岛的人会是谁啊？”

“唉，不知道啊。”山崎治郎似乎越来越愁闷了,“既然钱已经被偷走了，再怎么追根究底也没有意义了。我们晚了一步。那家伙一定已经提着装满钞票的旅行箱不紧不慢地逃回东京来了。想必此刻正做着美梦呢。”

山崎终于吐露了真心。他的目的就是找出冈濑正平藏匿的钱，并据为己有。

如今他得知钱被别人卷跑了，便打不起精神了。

“但是，总编，”底井武八叫了山崎一声，“冈濑把钱藏匿在他母亲的墓碑下面这件事，别的报社都不知道呀。我们把它作为头条怎么样？”

他故意这么试探。不出意料，山崎无精打采地摇了摇头。

“不行，不行。这一点还没有被证实啊。那只是我的推测，不能成为证据啊。我们至少要知道携款潜逃的人是谁才行啊。”

“我们不可能知道那家伙是谁呀。那可是杀人犯啊，只有让警察去找了。”

“他们能抓住吗……”山崎治郎歪着头说道，“我总感觉凶手不会很快被抓住的。”

“总编，”底井武八继续怂恿道，“这样不是也很有意思嘛。警察大概没有想到冈濑会把钱放在他的祖先和母亲的墓碑下面吧。所以，他们应该也不知道杀害冈濑的凶手携巨资逃跑的事情。推断出这一点的只有咱们二人。也就是说，这个案子我们领先了警察一步。”

“嗯，”山崎治郎的眼睛里似乎透出了少许光芒，“我一直在监视冈濑，所以我知道没有人来拜访过他。我认为，他叔叔也不可能从侄子那里打探到这个秘密，霸占了这笔钱。他叔叔可是个老实人。而且，冈濑出门后，他叔叔一直在家里。”

“你说得对。冈濑那家伙是不会把这种事告诉叔叔的。所以，尾随他去的人，在冈濑入狱前就认识他。那家伙猜到冈濑藏了钱，所以在他出狱后就一直跟踪他。”

“这样说来，除了我之外，还有一个人在那家杂货铺前面监视着冈濑正平的一举一动？”

“是的。那家伙跟踪冈濑到了上野站，并且跟着他上了同一列火车。”

“真可惜，我当时没能跟上他。”

“这么说来，之前冈濑在神乐坂下车就很可疑。看来在那附近果真有他的窝点什么的。当时没有查明，真是后悔莫及啊。”山崎还在为这件事叹息着。

“冈濑正平出狱后只去过那里。之后便哪儿也没去过，也没有人来拜访过他……啊！等一下……”

山崎突然陷入了思考。底井武八本来想说什么的，也被他挥手制止了。

山崎抱着双臂，低着黝黑的脸，专注地思索着什么。

“喂——”山崎突然抬起头，他的眼里放着光，“记得你说过，跟踪冈濑到府中赛马场的时候，那家伙和一个厩务员打扮的男子说过话。”

“是啊。”这是当时底井武八向山崎汇报的情况。他好像想起来了。

“就是说冈濑从那个厩务员那里打听到了某些信息，然后便买了一万元的马券，但一下子就输光了，之后便很快从赛马场回家了。”

“是啊。”

“你不觉得奇怪吗？他可是打探过比赛消息的哦，只输了一次就走人，这可能吗？这不是太轻易放弃了吗？”

“是啊。但是他的目的就是来看那场比赛的，所以那场比赛一结束，他就不再买马券，打道回府也是有可能的吧。”

“不不，不可能。我年轻时也买过马券。不可能只买一次就回去的。要是向熟识的厩务员打探有关比赛的信息的话，不会只打听一两场，还会再拜托一场的。输了就会愈发入迷，这才是玩赛马的人的心情。”山崎的话里透露着兴奋。

“这说明他不是去打探比赛消息的，而是和厩务员说了别的事情。”

“说了别的事情？”

“那个厩务员叫什么来着？”

“他当时背着个袋子，那袋子上写着‘末吉’。所以我想，那可能就是他的名字吧。”

“不对，那应该是驯马师的名字吧。我们俩现在去趟赛马场看看。你应该记得那个人的长相，我们去找找看。”

一到府中赛马场，便看到灿烂的阳光洒落在翠绿的草坪上，喜马拉雅杉高高地耸立在晴空中。

由于没有赛马比赛，这里恢复了往日的平静。

两人从侧面的事务所前面走过，朝着厩舍方向走去。只见几排厩舍像联排房屋一样整齐地排列着，马就拴在这些厩舍里。

这会儿正好是赛马运动的时间，只见厩务员牵着几匹马在附近来回地走着。

不仅是这里，在厩舍附近、马场里面，都能看到多匹马在运动的场景。有人正在整理着厩草，有人正在拿着笤帚清扫厩舍前面的空地，有人正在照料着马……虽然悄无声息，但这里却弥漫着紧张的气氛。

“六月，福岛的赛马比赛就要开幕了。”山崎治郎看着眼前的场景说道。

“是啊。我去福岛的时候还看到宣传海报了呢。”

“到时候，这里的马大部分都要到那儿去吧。”

他们还不知道名叫末吉的驯马师的厩舍在哪里。于是山崎叫住了一个从对面走来的年轻男子。这个年轻人也穿着骑马裤。

年轻人回答说：“这儿没有叫末吉的驯马师。”

“可是厩务员扛着的袋子上明明写着末吉。”底井武八赶忙在一旁说道。

“那是厩务员的名字吧，确实有个厩务员叫末吉。”

“他在哪个厩舍？”

“他在名叫西山的驯马师那里。那排的第三个厩舍。”

两人朝年轻人所指的方向走去。

那里，也有六匹马被厩务员们拉着马嚼子绕圈转悠着。每一匹马的毛色都十分光亮。也许末吉就在那六名厩务员当中，但距离太远，底井武八分辨不出来。

底井武八怕走近说话会打扰到他们，便去询问在门口切干草的年轻人。干草屑变成了空气中的浮尘，随风飘舞。

“从前面数第三个就是末吉。”

只见那名男子正牵着一匹栗色毛的赛马。此人正是底井武八记忆中的样子。

“运动什么时候结束？”

“再过十分钟左右，他们就会回厩舍了。”

于是，两人就像赛马迷一样在远处观看赛马运动。

远处，一个马主[1]打扮的胖绅士携着女伴在踱步。

十分钟过去了。领头的马带着几匹马回来了。进厩舍之前，厩务员们给马擦汗，又用刷子给它们刷毛。

山崎治郎走近正蹲在马脚边的末吉背后，对末吉说：“请问，您是末吉先生吗？”

厩务员抬起了头，他是个三十岁出头、红脸膛、微胖的男人。

“我就是末吉。”他边说边诧异地望向山崎和山崎身后的底井武八。

“冒昧地向您打听一件事，”山崎一扫平日里的傲慢态度，十分谦虚恭敬，“您认识冈濑正平先生吗？”

“冈濑……”厩务员的脸上闪过一丝表情，接着说道，“嗯，算是认识吧。”

1　马主，赛马的拥有人，获得日本中央赛马会的注册，有资格使拥有的马在中央赛马会中参赛。

“我想向您打听一下有关他的事。冈濑先生在福岛县被害了，这事您也知道吧？”

这位名叫末吉的厩务员皱着眉头点了点头说：“我是在报纸上看到的。”

“您和冈濑先生之前就认识吗？”

“你是谁？”末吉反问道。

“不好意思，我忘了自我介绍了。这是我的名片……”说着，山崎递上了名片，跟着，底井武八也递上了自己的名片。

“关于冈濑先生的事，你们找我想了解什么？”末吉眼中透出了不解的神色。

“也没什么特别的事。其实，我们和冈濑先生是朋友。他遭遇了这样的不测，我们也感到非常惋惜。”

“……”

“所以，我们无论如何也要抓住杀害他的凶手。而且，就像名片上写的那样，我们是新闻记者，所以我们有这个条件。”

末吉仍是默不作声地听着。

“前几天，有人看到您和冈濑君在赛马场说过话。”

末吉的眼睛转了几下，没有立即回答。

“你们说了些什么？如果可以的话，请您告诉我，好吗？”

“啊，那个啊……”末吉终于开口说话了，“我们谈了有关比赛的信息。他问我有没有什么有价值的信息，我就把下一场比赛的胜负预测告诉了他。我告诉他，名叫民度锦的马很有希望。结果完全没猜中。其实向我们打探消息也是白搭，如果我们能猜中的话，那我们不都成大富豪了吗？”

说完，末吉哈哈笑起来。

3

冈濑遇害之后，没有一家报纸刊登有关杀害冈濑正平的凶手落网的报道。

如山崎预想的一样,案件的进展似乎并不顺利。若是看到当地的报纸，说不定能详细了解案件情况，但东京的报纸竟然连一篇后续报道都没有。不过，事关那样一个曾经轰动整个社会的男人死于非命，如果嫌犯落网，东京的报纸也一定会进行报道的。现在报纸上没有刊载相关信息，就证明调查陷入了僵局。

底井武八又回报社上班了。

拜冈濑正平所赐，此前底井武八一直像个刑警一样每天监视着他。事到如今，这一切都变成了无用功。

虽说是无用功，但是山崎的样子看起来确实有点可怜。他每天愁眉不展地坐在桌子前。虽然平日里他也不怎么做事，但现在一有空便苦思冥想，无精打采的。

底井武八早就死心了，但山崎似乎还未放弃。

因为有一天晚上，山崎治郎将底井武八悄悄叫过去，小声地对底井武八说："冈濑正平将隐匿的钱藏在他祖先和母亲墓碑下面的事，我到现在也想不明白。"

看他最近老是苦思冥想的，果真是在琢磨这件事。

"为什么呢？"底井武八问道。

"一开始我是那样判断的，"山崎哭丧着脸，一个劲儿地抽烟，"但是最近总感觉不是那么回事。在那里面可能藏了别的东西。"

"所谓别的东西，不是现金，而是随时可以以时价变卖的宝石或是贵金属什么的吗？"

“不，我认为也不是这些。以冈濑正平的聪明才智应该不是藏了这些东西。他祖先的墓很久之前便有了，但他母亲的墓碑是他入狱前一个月才建成的。意识到这一点的人也一定能察觉出墓碑底下有东西。我们也是因为冈濑正平偶尔去扫墓，才意识到这一点的。”

“可是，到底是什么呢？”

“首先，你站在当事人的立场上试想一下。起初，我的确认为冈濑是把现金或是贵金属什么的藏在了墓碑底下。但是，从冈濑的角度考虑，这些东西一旦被别人发现，便会被洗劫一空。总之，凡是做这种事的人一定会考虑得十分周全的。就是说，特别谨慎小心。所以，那里藏的东西，肯定是即使有人注意到墓碑下有东西而移开石板，也不会想到就是那个东西的。”

“我明白了。应该是股票或是证券什么的吧？”

“不，这种有价证券在兑换时会暴露的。我认为不是这些。”

“那是什么呢？”

“我要是知道的话，这些日子就不会苦思冥想了。那里藏的东西不是现金，却是和现金有着同样价值的东西。你想到什么没有？”

“是啊……”底井武八虽然嘴上应和着，心中却略有疑惑。山崎的想法很有意思，但他会不会想多了呢？

无论是哪一种情况，山崎的执着令人震惊。本以为他早就放弃了，没想到他还是紧盯着冈濑隐匿的钱不放。

只要杀害冈濑的凶手一日没落网，山崎就不会轻易放弃他的奢望。

就这样，日子一天天地过去了。山崎也没有再对底井说起过什么。也许他最终还是放弃了。

不过，山崎最近经常外出。

一个平日里十分懒惰的人，到底是出于何种心态，变得频频外出了呢？可能是外面气候宜人，他不想再一动不动地坐在乌烟瘴气、脏乱不堪的编辑部里了吧。不知道他去了哪里。但如果是去喝茶的话，时间又长了些。

即使是这种报社的总编，实际上也是把工作都推给主编的。山崎本人只是在即将截稿之际，大致扫上一眼稿子，就算是交差了。山崎至少还做这点工作。

自那次从赛马场回来以后，山崎的心境好像发生了变化。他曾经梦想可以不劳而获地获取一大笔钱，但美梦破灭后，他大概是心灰意冷了吧。从那以后，他只字不提冈濑的案子。

冈濑的案子，在报纸上并没有进行后续报道。事发至今，已经过去二十天左右了。这样下去，案件侦破一定会陷入僵局。

有一天，底井武八有了新发现。

那天他从外边采访回来，踏进狭小的编辑部，看到房间一角的衣架上（那是公司或银行里常见的那种圆形衣架）挂着一件方格上衣，那是山崎总编的衣服。底井武八意外地发现，衣服后背沾着一个白色的脏东西。

底井武八用指尖把那个白色脏东西捏下来一看，原来是稻草屑。

底井武八眼前浮现出在府中赛马场的厩舍前，厩务员不断地用长棍子搅动马厩地面铺的干草的情景。用棒子搅动稻草是为了使其干燥。

这衣服上的稻草和那个稻草是一样的。可能是稻草被风吹起，其中一点正好落在了路过的山崎后背上。很像是这样沾上的。

难道山崎去过府中的赛马场吗？

他没有对底井武八提过一个字。此时也是若无其事地，一直忙于校对活版盘打样[1]。

---

1 活版盘打样，将活字排版后装在活版盘里印刷出来的样张。

底井武八坐在自己的桌子前，不经意地打量着山崎。

此前，他以为山崎对那件事已经死心了，看来自己想错了。山崎仍然在追查这件事。他去赛马场，肯定是为了去见那个叫末吉的厩务员。

山崎为什么要去见末吉呢?

前几天，他们两个一起去赛马场时，末吉说他只是向冈濑正平透露过有关赛马的信息。

看来，山崎对他的回答持怀疑态度。于是山崎再一次去了赛马场，仔细盘问末吉。

不过，山崎一定是考虑了许久后，才去见末吉的。也就是说，他经过反复考虑，觉得还有必要再去见一次末吉吧。山崎是出于什么考虑这么做的不得而知，总之自那之后，山崎似乎一直不知疲倦地思考着冈濑隐藏的钱的事。

底井武八仍然期待着山崎能对自己说出他的想法。

可是，直到那天下班时，山崎拉开椅子站起身来，也没有招呼底井武八。

山崎穿上挂在衣架上的上衣。他并不知道自己的上衣后背上沾了稻草屑，也不知道底井武八用手指将其捏了下来。

“山崎总编。”底井武八追上朝门口走去的山崎。

“什么事？”山崎回过头来问道。

“我现在也下班了。好久没去附近喝茶了，今天去坐坐吧？”

“嗯，是啊。”看他的样子没什么兴致。

但是，山崎好像突然想到底井武八是不是掌握了什么情报似的，态度陡然一变，随和地答应了。

“好呀。那就去坐一会儿吧。”

报社附近有一家很小的咖啡店。这会儿正好没什么客人，两人便选了角落的一张桌子坐下了。

“对了，总编。冈濑那个案子，看起来最终会不了了之吧。”底井武八试探山崎。

“是啊。我也在关注着报纸呢，一直没有抓到啊。正如我所料，案件应该是陷入僵局了吧。不过，他们都是些乡下警察嘛，当然比不了东京的警视厅[1]了。”

“也是啊。”底井武八随声附和道，“那件事不追查下去的话未免有点可惜。果真是凶手携款潜逃吗？”

“唉，有没有携款不好说，但是，冈濑的确是因为那笔钱被害的。不过，我已经放弃了。如果钱落到凶手手中了，我们也无计可施啊。”

“是这么回事。”底井武八啜了口咖啡说道，“最近天气不错，应该多到外边走走了。总编最近好像也经常外出啊。”

“嗯，有时候出去。”山崎闷闷不乐地回答，“最近身体不太好，想尽量到外边散散步。”

“要多注意身体啊。说到天气变好了，我想起那时候和您一起去府中赛马场的时候，心情特别舒畅呢。如果去那边兜兜风，心情一定不错。”

“是啊。”山崎喝着咖啡，脸色愈发难看了，让人感觉他在极力掩饰着什么。

“你说得对。”山崎将茶杯放下，恢复了平日的表情说道。

“在这种报社里，出版下三滥的报纸，我打心眼里厌倦了，想偶尔到开阔的地方练习练习高尔夫什么的。”

山崎还在隐瞒——

底井武八觉得山崎的企图已经显而易见了。

1　警视厅，以东京为管辖区域的警察机关。明治七年（1874 年）设置，昭和二十九年（1954 年）成为现行体制。长官为警视总监。

但是，山崎是出于什么考虑去见末吉的呢？末吉又对山崎说了些什么呢？

底井武八偷偷地观察着山崎的表情。

4

进入六月，天气突然热了起来。正午的骄阳已经宣告了夏天的到来。由于许久没有下过雨了，空气很干燥。

底井武八基本上每天都外出采访。虽说是三流报纸，也必须出去收集消息。不，正因为是这种特殊的报纸，所以比普通报纸更劳心费力。

一天，底井武八采访结束，走在早稻田大街上。由于是三流报社，所以报社一般不允许他们打出租车，只能坐地铁、电车或是公共汽车。

红灯亮了。底井武八站在神乐坂商业街的十字路口等着过马路。

他想起自己曾经在这儿跟丢了冈濑正平所乘的出租车，一时间愣愣地盯着眼前川流不息的车流。

绿灯亮了，他正准备穿过人行横道，一辆没赶上绿灯的出租车在他跟前驶了过去。

这司机可真没素质，他心想，看了出租车一眼，从后车窗看到了乘客的背影。底井武八不禁瞪大了眼睛，因为那个男人穿着一件格子上衣。

如果仅仅是这样也没什么特别的，但是那名乘客无论是脑袋形状，还是肩膀，都和山崎总编一模一样。

出租车驶上神乐坂后，渐渐远去了。

底井武八还站在原地盯着出租车离去的方向。那个人到底是不是山崎，他不敢确定。

后面的车陆续开了过去。在车流中，底井武八看到刚才那辆出租车左转了。虽然离得很远，但他坚信自己没有看错。

底井武八迈开了脚步。虽然只是看了一眼,但是那印象愈发鲜明起来。那西服的格子花纹肯定是山崎的那件。因为不久前，自己还曾从他那件衣服的后背上取下过赛马场的稻草屑，绝对不会看错的。

而且，无论是从那人宽厚的肩膀，还是留着长发的后脑勺来看，分明就是山崎。那辆出租车在毗沙门天旁边转弯了,更有力地证明了这一点。

底井武八不知该说什么好。

原来山崎从那以后并没有放弃过冈濑的案子,一直在追查。这样说来，东京的报纸上也曾刊载过一篇短小的报道，说冈濑正平被杀案好像最终会变为一宗无头案。

底井武八心想，如果那人真的是山崎，这事就变得不那么简单了。他在毗沙门天附近转弯绝非偶然。说明山崎已经查到了冈濑正平在神乐坂的去处了。

他是如何查明的呢？是从什么时候开始掌握这个情况的呢？

从山崎去府中赛马场至今已经一个多月了。一定是从赛马场回来后，山崎就一直在追查冈濑的踪迹。

就连底井武八都对山崎的这份执着备感震惊。他平日里装得像个淡泊金钱的粗人，事实上却贪得无厌。难怪山崎至今还追着冈濑正平隐匿的钱不放呢。

这也可以说是理所当然的。山崎作为这么一家小报社的总编，毫无出人头地的希望。也没有什么和大人物应酬交往的机会。就连工资都那么低。

山崎原来做过大报社的社会部部长，但现在看来，那段履历反而令他悲哀。因为自那以后他便一落千丈。他似乎被困在无处可逃的围墙之中。因此也可以理解他为什么如此执着于追查冈濑隐匿的巨款了。

但是，底井武八却对他产生了敌对情绪。

如此看来，山崎一直以为报社工作之名，利用自己去监视冈濑正平。底井武八一想到自己竟然这般愚蠢，便气不打一处来。虽然之前就有所察觉，但现在明确知道自己被山崎利用了，还是让他忍无可忍。更可恶的是，最初山崎还会跟自己商量的，现在却打算独吞这笔钱。

于是，底井武八心想，好啊，既然山崎这样无情无义，那我也就不客气了。

接着，他便回到报社，赶写了五六页无足轻重的稿子。山崎治郎擦着汗从外边回来了。他果真穿着那件格子西服，脱下来挂在了衣架上。

“天气真是热起来了。”

他一边嘟囔着，一边转动着旋转座椅，背对着底井武八这边坐下了。看他的头、他的肩，都和今天透过出租车后车窗看到的那人丝毫不差。

山崎将报纸折成四折，用它代替蒲扇呼啦呼啦地扇着风。

底井武八慢腾腾地站起身来走到山崎身边。

“总编，这份材料该怎么处理？”

其实是可问可不问的事。山崎也只是瞟了一眼材料，漫不经心地做了回答。

以此制造了谈话的机会后，底井武八站在他旁边，边吸着烟边接着问道：

“总编，您今天坐出租车去过神乐坂吗？”

“嗯？”

山崎似乎吓了一跳，但马上开始装糊涂。

“没有，我可没去过那种地方。我一直在日比谷的咖啡店里，跟客户谈事。”

山崎在隐瞒，一直在日比谷的咖啡店谈事是他的借口。

底井武八一听到山崎这样的回答，便确认了今天在神乐坂看到的坐在出租车上的那个乘客就是山崎治郎。

那辆出租车在毗沙门天附近拐了弯。

山崎好像掌握了什么情况。无论是从他西服后背沾的赛马场的稻草屑，还是从出租车转弯的地方来看，他正在一个人偷偷地调查着冈濑正平的踪迹。看来他已经掌握了某些确切的证据，正逐步接近真相。

底井武八也去过一次毗沙门天后面的小巷，那是一条料亭街。可能是冈濑挪用公款、挥霍无度的时候，来过这里吧。

不过，听说当时冈濑主要是去夜店或酒吧，对这种艺妓陪酒并不感兴趣。他也有可能曾避人耳目来这里玩乐过。

冈濑可能是来这里找之前熟识的艺妓吧。

那么，他去赛马场又为何事呢?

那个名叫末吉的厩务员，一直坚称自己当日和冈濑说的是有关比赛的信息。但是，如果仅仅是这样的话，山崎治郎不可能又特地去了一趟赛马场。他到底为什么再一次去府中拜访末吉呢?

看来自己也应该装作对此不知情，去见末吉一次。

由于上班时间不可以外出，底井武八一到下午六点就坐上开往国分寺方向的中央线，然后换乘支线，在府中下了车。

虽说白天变长了，但是坐电车几乎花了一个小时，所以底井武八到达赛马场时，已经是傍晚时分了。

由于之前来过，他知道西山厩舍的大致方向。底井武八在昏暗中，朝那排黑漆漆的厩舍走去。

长长的厩舍，只有两端亮着光线昏暗的电灯。四周一片寂静，就算是个大男人，独自走在这里也会害怕。

从头数第五间便是西山的厩舍。

上次来的时候，在明媚的阳光下，有赛马在运动，厩舍前面也有人在晾晒稻草，今天晚上却连个人影都没有。

那排长长的厩舍中拴着赛马，开着灯的厩舍两侧房间，一定是骑手或者厩务员住的地方。从那间厩舍的门缝里透出一缕光亮。底井武八朝里面看了看。

他看到一个人蹲在拴着的赛马旁边，不停地侍弄着马的前蹄。

对方好像也听到了他的脚步声，回过头来。

“晚上好。”底井武八率先开了口。

这名厩务员很年轻，还不到二十岁的样子。应该不是正式工，也就是个实习厩务员吧，块头儿不小。

“在给赛马治疗吗？真辛苦啊。”

底井武八装成赛马迷的样子。

年轻的实习厩务员好像也是这样想的，没有责备他，只是默不作声地点了点头，又埋头照顾赛马了。刚才他一直在用桶里的水给马蹄冷敷。

“这马怎么了？”

底井武八从门口稍稍往屋里走了几步，站在实习厩务员后边，也盯着马蹄看。

“它的蹄子稍微有点发热，我在给它冷敷呢。”

旁边传出了马踢护墙板的声音。

“真辛苦啊。要像看护员一样护理它。”

“比人还金贵呢。”年轻的实习厩务员回答道，“这可是宝贵的赛马呀。这还是轻的，有时还要彻夜看护它们呢。”实习厩务员稍带得意地说道。

“对了，末吉先生在吗？”

底井武八装作有急事的样子问道。

“末吉两三天之前就不在这儿了。”

“啊？他去哪儿了？”

“他送赛马到福岛去了，他最近很忙啊。还有一周，福岛的赛马比赛就要开幕了。”

听到这儿，底井武八想起了之前在福岛火车站候车室看到的海报。

“啊，可不是，福岛要开赛了。这个厩舍的马，大部分都要去吧？”

“会送四匹左右去。”

实习厩务员一边干活，一边问道：“你是末吉的朋友吗？”

“是啊，我们是朋友。我以为他今晚在呢，就过来看看。”

“啊，福岛赛马比赛结束之后，他才能回来呢。”

“末吉带了哪匹赛马去？”

“哈曼。它在东京赛马比赛中状态不佳，在福岛可能会少参加几场比赛吧。”

“啊，是哈曼呀。它很擅长跑重马场[1]。”

底井武八瞎蒙道。他不得不装成赛马迷。

“你说它擅长跑重马场？”实习厩务员稍微提高了声音，“你搞错了，民度锦擅长重马场啊。”

“啊，对了对了，应该是民度锦。”底井武八赶忙订正。

“这里寄养的净是优秀的赛马啊。”

底井武八开始试探厩务员。他毕竟是个年轻人，一被夸赞，说不定会得意忘形得什么都说的。

“是啊，先生很了不起。”

---

1 重马场，即泥泞的赛马场。赛马场的跑道因雨或雪而处于泥泞状态。根据含水程度，分别称为“稍重”、“重”和“不良”。

他说的先生指的是驯马师。

“西山先生很有名。”底井武八不失时机地附和道，“有很多马主慕名而来吧？”

“是啊。所以寄养在这里的都是一流的赛马。”

“现在大概有几匹？”

“八匹。”

“八匹？您能将赛马的名字和马主的情况告诉我，供我参考吗？”

“嗯，好的。”

也许是由于底井武八夸赞了自己的驯马师，实习厩务员爽快地说起来。

在昏暗的灯光下，底井武八翻开笔记本，一一记录下来。他大致听了马主的职业和住所后，再次进行了确认。

但是，这些马主中，没有人住在神乐坂。底井武八就此事问了实习厩务员。

实习厩务员马上回答：“嗯，好像没有马主住在那附近。”

“你很了解这些马主吧？”

“嗯，很了解。先生一直让我负责联络马主的。他们当中，没有人住在神乐坂。”

“这样啊。”

这时，底井武八话锋一转。

“你认识一个名叫冈濑正平的人吗？”

“冈濑先生？”

这名实习厩务员之前说的马主里面，并没有冈濑正平的名字。

他摇了摇头说：“不认识。”

“就是冈濑正平啊。那个七八年前，因侵吞单位公款在社会上引起轩然大波的人。”

底井武八再次追问，但实习厩务员仍然回答说不知道。也难怪，七八年前，这个厩务员也就十二三岁吧。

“这个叫冈濑的人经常来找末吉吧？”

“是吗？是在我来这里之前吧。”

“最近应该也来过，你不知道吗？”

“是的，不知道。”

看来，实习厩务员是真的不知道。

“那么，最近有没有一个叫山崎的人来拜访过末吉？”

“那人长什么样？”

“他在报社工作。戴着副眼镜，块头儿有点大，个子很高。”

底井武八描述完山崎治郎的特征后，实习厩务员依旧摇了摇头。

“我不知道有没有这样的人来过。我也不是一直和末吉待在一起，不清楚。”

最后，底井武八问道：“西山先生现在在吗？”

“不在，好像和别人到街上喝酒去了。”

“是和跟赛马有关的人一起去的吗？”

“是的。”

“这次福岛赛马比赛，西山先生也会去吗？”

“嗯，好像去的。因为他每次都去。还有两匹马，等马一送走，他就出发。”

“谢谢了。”

底井武八向一心照料受伤马匹的实习厩务员道了谢后，便离开了厩舍。

底井武八从府中回来后，盯着从实习厩务员那里打听来的马主名单看起来。

马主的住址和职业都打听来了。但是，八个马主中，并没有人住在神乐坂。

就这份名单看，府中赛马场和神乐坂没什么关联。不过，山崎治郎恐怕已经发现了两者的联系吧？

最近，看山崎的状态好像充满了活力。一直对现状不满、工作没什么热情的人，却突然变得红光满面、神采奕奕了，仿佛有着难以抑制的喜悦。

他到底掌握了什么线索呢？

底井武八一想到山崎曾经那样利用自己，有好事却又不打一声招呼时，仍然十分气恼。

他心想，既然山崎这样过河拆桥，我也得威胁他一下。如果告诉他我昨天晚上去了赛马场，还见到了在厩舍工作的人，打听了一些情况，山崎一定会吓得脸色大变。弄好了，说不定还能从山崎嘴里搞到点消息呢。

第二天一早，底井武八满怀期待地去报社上班。

由于是专门做晚报的报社，所以早上上班很早。一般九点左右，人就都到齐了。山崎也会在十点之前匆匆忙忙地赶到。

但是那天底井武八等到十点，又从十点等到十一点，山崎的身影却始终没有出现。

虽然是小报，但既然是报纸，总编不来的话，任何工作都难以进行。主编也是惶恐不安。

十一点多，主编给山崎的家里打电话。

“啊？已经出门了？”

电话那头好像是山崎的太太。

“什么时候出的门？啊？九点多？好奇怪呀，这样的话，应该早就到了呀。”

主编手握听筒，很纳闷地说。

“他有没有说中途要顺便去哪儿？没有……奇怪啊？”

主编说的话底井武八都听到了。

“从家里到报社，应该不到一个小时。没有，他没和我联系……我知道了。再见。”

主编挂断电话，愁眉不展地抽着烟。

底井武八从座位上站起身来，走到主编身边。

“对方说总编已经出门了？”

“是啊，说是九点多就出门了。好奇怪呀，今天早上还有很多重要工作呢。”主编苦恼地说。看样子，眼下应该是有什么他不能做主的事。

“已经将近三个小时了。他不会是到咖啡店或是什么地方去了吧？”

“不可能，他就算中间要外出，也会先到这里来的。”

的确如此，山崎每天都是十点准时到。即使他之后要出去喝茶什么的，也一定会按时出勤的。

底井武八并不真的认为山崎去咖啡店了，他觉得山崎之所以迟到，一定是和之前那件事有关。也就是说，山崎可能是安排时间，先去做那件重要的事了。

“他和报社联系了吗？”

“没有。他有什么事都会和报社联系的，如果休息的话就说休息，迟到的话就说迟到。”

说到这儿，主编抬头看了看底井武八。

“你有什么线索吗？”

面对底井武八的不断追问，主编貌似也感到奇怪。

“不，没什么。我只是有事急着跟总编谈呢。”

底井武八从哭丧着脸的主编身边走开了。

山崎到底去干什么了呢?

总编今天没来报社，这件事就足以证明他已经介入调查冈濑的事了。只要没有特殊情况，他是不可能连个电话都没有就迟到的。

今天早上,底井武八本来打算等山崎一来上班就威胁他的。现在看来，这个打算要落空了。

不,与失望相比,更重要的是,他又产生了新的疑惑。随着时间的推移，这疑惑愈加强烈。直到下午四点，山崎仍然没有现身。

主编再一次往山崎家打去了电话。

得到的还是同样的回答。他出门之后再也没和家里联系过。

这种事情还是第一次发生。山崎虽说有点懒散，但还是负责任的，不可能做这么离谱的事。

山崎缺勤一定和那件事有关。此前，山崎推翻了自己关于冈濑正平将大量现金藏于母亲墓碑下面的猜想，然后推断冈濑一定是将其他什么东西藏在了墓碑下面，并且断言肯定不是贵金属或者有价证券。

从这段话可以推测，山崎当时已经有目标了。而且，由于山崎没有露面，底井武八认为他已经偷偷地顺着这条思路行动多时了。

根据山崎的推断，那个墓碑下面藏的是什么呢?

那一天，直到傍晚，山崎也没有出现在报社。

第三章 失踪

#1

从那以后，山崎治郎一连三天没有来报社上班。

不单是没有来报社，也没有回家。他于六月十五日上午九点二十分左右离开大田区洗足池的家后就去向不明。

报社里的人都在议论纷纷。

问过山崎的妻子后才知道，那天早上，他离开家的时候，告诉妻子：“可能今天晚上出差，两天不回家。”

丈夫的表情很平静，并没有什么异常。

“去哪儿出差？”妻子问。

“不远。不过，还没有定，也可能不去。”他回答得很简短。

就是说，从昨天的十五日开始，山崎打算出去三天。由于报社里没有出差的安排，应该是去办他的私事，可见对妻子没有说实话。

那么山崎是为了什么事，去哪里了呢？

不过，从山崎对妻子说的“可能出差”可知，他离开家的时候，并没有明确决定是否出远门。那么，那天早上，他离家后，中途遇到了什么让他做出决定呢?

不管怎么说，不告诉任何人自己的行踪，三天不见人影，太不可思议了。

报社和山崎的妻子商量后，先向警方报了案。也有人认为，失踪不过三天，报案是否早了些。但是担心山崎万一有什么不测，最终达成一致，还是报案为好。

报社领导多次开会，并且向编辑部的每一个人询问他有可能去了哪里。但是没有一个人知道。

山崎似乎没有其他的女人。

当然，底井武八心知肚明，只是不能够对别人说。

底井武八心想，看来山崎真的自己干起来了。

山崎肯定是为了冈濑正平藏匿巨款的事，在哪里失踪了。

山崎对妻子说，可能出门两三天，是因为他有了一定的把握。但是离开家时，他还没有下决心，多半是因为要等到和某个人见面之后才能决定的缘故吧。

很显然，山崎治郎一直在追踪那件事，但是他到底掌握了什么程度的线索，发现了怎样的目标等完全不清楚。就是说，底井武八尽管知道他的目的，却没掌握他的做法。

底井武八思考起来。

如果山崎治郎去向不明的话，我就得想办法寻找他的踪迹了。

他忽然想起山崎治郎和冈濑正平都开车去过神乐坂。

看来，山崎去那条街一定是为了寻找冈濑正平的踪迹。那么，那一带必然留下了二人的踪迹。

底井武八去调查科，借来了冈濑正平的照片。因为此前冈濑出狱的时候，报社的摄影师拍照后曾发在报纸上，所以还保存着底片。

然后就是找一张山崎治郎的照片了，总务科应该有。那是一年前拍的，所以和他现在的模样应该很接近。

“对不起，麻烦你帮我各复印两三张。”

底井武八拜托报社里一个关系不错的摄影师。

“哎呀，这可是很奇妙的组合啊。”

摄影师翻过冈濑正平的照片，看到背后的名字，吃惊地说。

“你打算用它做什么？”

“有点用。”

“山崎一直没有消息吗？”

“是啊。编辑部也很担心呢。想把这照片作为报案资料提供给警方。”

“复印冈濑正平的照片干什么用呢？跟山崎有关系吗？”

“没有什么关系……有一家好事的杂志，要写有关战后贪污史的文章，说是到时候想用这张照片，就来拜托我了。”

“这样啊。”

摄影师相信了他的解释，给他复印了照片。

报社的工作效率很高。只用了两个小时，摄影师就把底井武八要求复印的照片给了他。

“哎呀，谢谢了！”他感谢道。

“有什么好事的话，一定要请客啊。”

底井武八把照片放入信封里，跑出了报社。

编辑部里依然气氛紧张。由于山崎去向不明，笼罩着不安的气氛。山崎的座位仿佛开了一个洞穴。

没有主人的桌子仿佛是散发出不安气氛的源泉。

底井武八乘坐出租车去了神乐坂。

以前跟踪冈濑正平来这里的时候，听偶然遇见的那个出租车司机说，冈濑走进了毗沙门天旁边的胡同。

于是，底井武八以这附近的咖啡店为目标寻找起来。因为他忽然想到冈濑有可能在那里和人见面。

没想到这一带都是雅致的格子门房屋，看不到咖啡店模样的房子。他坚持不懈地寻找着。

快到傍晚的时候，这一带终于热闹起来了。在料亭外面，有个女人在洒水。两三个好像是习艺回来的艺妓走进了一户人家。近来，根本区别不出艺妓与外行艺妓。他转悠了差不多三十分钟，终于找到了一家咖啡店。不过，这里也卖西餐，陈列窗里摆着蜡制的样品。

底井武八正好感觉肚子饿了，就要了一份鸡肉饭。小店里挺雅致。

“喂。”

他对来下单的十七八岁的女服务员问道：

“来这里的艺妓主顾不少吧？”

“是的。”女服务员点点头。

“很晚关门吗？”

底井武八尽量语气和蔼地问道。

“晚上十一点多关门。”

“那个时候，肚子饿了的艺妓会来吃夜宵吧？”

“也有这样的人。”女服务员回答得很痛快。

“叫外卖的也很多吧？”

“是的。经常送外卖到置屋去。”

底井武八觉得和对方熟悉些了，就从怀里掏出了照片，是冈濑正平和山崎治郎的照片。

“我想问问你，你见过这两个人吗？”

见他突然拿出照片，女服务员吓了一跳，很害怕似的远远看了看照片。

“不要怕。我只是想了解一下这两个人的情况。你仔细看一看，如果见过的话，就告诉我。因为他们说不定和艺妓来这里喝茶或吃饭过。”

女服务员害怕地看着底井武八，好像是把他当成警察了。

“抱歉，请仔细看一看。”他催促道。

女服务员终于接过照片，拿到眼前。

“怎么样？有印象吗？”

“我看看。”

女服务员放下了冈濑正平的照片，仍然仔细地看着山崎治郎的照片，看她的表情好像见过似的。

底井武八观察着女服务员的侧脸。

“稍等一下。”

女服务员只拿着山崎治郎的照片，离开了桌子。

底井武八看见她走到坐在入口收款台里面的二十三四岁模样的女子那里，给她看照片，两个人弯下腰说了好一会儿悄悄话。

底井武八很高兴。看样子女服务员不但自己有印象，还跟收款台的女子进行确认。

不久，那个女服务员回来了，看她的表情，就知道她会怎么回答了。

“这个人好像来过一次。”

她把山崎的照片还给底井武八，说道。

“哦。”他高兴极了，“真的？”

“嗯。不过不敢保证。也可能不是他。”

“这么说，他不是经常来了？”

“是的。大概来过一两次。在我印象中。”

“哦。那是什么时候呢？”

“记不清了，大概是三个星期之前吧。”

三个星期之前的话，山崎的确在这一带调查呢。有希望。

“这个人没有见过吗？”

底井武八给她看冈濑正平的照片。

女服务员摇摇头：“这个人没有见过。”

“是吗？那么这个人是白天来的，还是晚上呢？”

底井武八又指着山崎的照片问道。

这个问题很重要。这样可以缩小对山崎行动范围的调查。

“是白天来的。”女服务员肯定地回答。

“大约几点呢？”

“我记得就是这个时间。”

底井武八看了看手表，下午四点过五分。

此时店里客人很少。除了底井武八外，还有两个女客人在吃咖喱饭。

“啊，这个时候的话，客人很少，所以你的印象比较深吧？”

“是的，所以记得他。”

“那么，那个人是一个人来的吗？”

“不是，还有一个人和他一起。”

“一起？那个人是男人还是女人？”

“女人……”

这时厨房那边摇了铃，好像是菜好了。很可惜，女服务员说了一半就跑开了。

底井武八掏出香烟，点了一支抽起来。在这里找到了山崎的踪迹。也是偶然想到了还有咖啡店这种地方的，知道这样，早点想到就好了。

和山崎一起来的女人是谁呢？

底井武八等着女服务员回来。

可是，端菜来的不是她，是一个四十二三岁胖胖的中年女人。

“让您久等了。”

她放下鸡肉饭，转身要走的时候，底井武八叫住了她。

“等一下。请把刚才那位服务员叫来。”

中年女人很冷淡地回答：

“她现在出去办事了。”

“什么？”底井武八大为吃惊，“刚才不是还在这儿吗？”

“刚刚有事出去了。”

底井武八扫视着店内，果然没有女服务员的影子。后厨那边只有穿着白烹饪服的厨师在忙碌，女服务员也不在那里。

中年女人一言不发地退下了。

底井武八没有办法，将目光投向了收款台的那个女子。刚才女服务员和她商量过，想必她也知道些情况。

女收款员长得挺好看。

底井武八走过去，正在发呆的女子猛然清醒过来似的，左手翻着一打发票，开始打算盘。

底井武八对她问道：“刚才那个女服务员给你看过这张照片吧？”

他把山崎的照片伸到她眼前。

“我看她刚才好像跟你说过什么，你也见到这个人来过一次吧？”

他以理所当然的口吻问道。

“没见过。”

她停下打算盘的手，扫了照片一眼。

“什么？你不知道？你刚才不是还跟那个女服务员议论过这张照片吗？”

底井武八质问道。

“看是看了。”

她也不客气地回答。

“不过，我不记得了。阿代怎么对你说的我不知道，反正我不记得这个人。”

“那个女服务员叫阿代？”

底井武八气恼地问。

“那么，我就在这儿等着阿代回来好了。”

她一直沉默无语。好在鸡肉饭还在餐桌上冒着热气，底井武八慢悠悠地吃完鸡肉饭，喝水，然后慢悠悠地抽起了烟。为了等女服务员回来，他尽可能地拖延时间。可是那个名叫阿代的女服务员一直没有回来。

难道她去很远的地方办事了？

底井武八等得有些不耐烦了。这时刚才那个胖胖的中年女人走到他身边。

“客人在等阿代吗？”她可能是听女收款员说的。

“是啊。有点事想问问她。”

“阿代不会回来了。”

“什么？”

底井武八吃惊地抬起头来。中年女人一副爱答不理的样子。

“有急事，她回家了。”

“回家了？你刚才不是说她出去办事吗？”

“是的，不过，她其实是回家了。你等也没有用。”她冷淡地回答。

这时底井武八才发现，厨房里的人都在看他。

底井武八觉得很不自在，只好站了起来。

“喂，算账。”他很不客气地对女收款员说。

“谢谢！”

底井武八觉得她这句“谢谢”里含有讽刺的意味。只见她飞快地在键盘上打着数字，底井的目光忽然停在了收款台上的一张明信片上。

收信人是“宫部良子”，大概就是此女的名字吧。底井武八迅速记住了上面的地址。

2

底井武八只好乖乖地走出了那家咖啡店。

说什么那个女服务员出去办事了，显然是胡说。他们肯定是为了阻止女服务员回答他的询问。

大概是咖啡店的人听到了他和女孩子的对话，所以立刻让她离开了。

他们为什么要妨碍他询问呢?

底井武八顺着热闹的神乐坂街道朝饭田桥方向走去。

那家咖啡店的周边坐落着很多艺妓馆，听刚才那个女服务员说，来此就餐的客人中有很多艺妓。

那么，咖啡店与周边的店家或许有着特殊的关系吧。突然阻止女服务员回答他的问题，可见和山崎治郎一起来的女人是这个店里的主顾。

这么一想，那个女人的情况就大致可以猜到了。

做买卖的店家，一般都会尽量避免给自己的主顾招惹麻烦。那个咖啡店里的人肯定以为底井武八是警察呢。

所以，咖啡店的人赶忙把女服务员打发走，只是单纯出于不想让她多嘴的心理吧。

想到这儿，底井武八断定，和山崎治郎一起来的女人，是那一带某家料亭的艺妓。

绝对没错。

冈濑正平去的地方肯定也是那个女人那里。出狱后，他除了赛马场，只去过那个女人那里。

由此可知，冈濑正平入狱前就认识那个女人了。

关于冈濑常去的玩乐场所，人们一般认为是酒吧或者夜店，却不知他其实对艺妓也很有兴趣。

可是，追踪这条线索的山崎治郎突然不知去向，实在让人匪夷所思。不过，冈濑正平的女人跟山崎治郎的失踪是否有关系，现在还搞不清楚。

如果有关联的话，那就是重大的线索了。因为山崎正在调查冈濑正平藏匿巨款之事，而此事与冈濑正平被杀也有关系。

底井武八走着走着，忽然感到紧张起来，不由自主地回头看了看。

尽管那个店里的女服务员被打发走了，但自己还有其他的办法。那就是幸运地看到了那个女收款员的地址。

女收款员似乎知道和山崎一起来咖啡店的女人是谁，女服务员过去给她看照片时，从她的表情就可以看出来。

宫部良子的住所好像是江东区龟户 2-408。是不是 408，记得不是很准确，但是有这个地址就够了。她上班肯定是在龟户站坐车，只要自己耐心地守在站前，就能够找到她。

只是不知道她上班的具体时间。那种咖啡店分早班和晚班，所以必须知道她上哪个班，不然，傻呆呆地在站前等两三个小时，可受不了。

怎样才能知道确切时间呢？

底井武八左思右想，他觉得男人的声音不行，得找个女孩子打电话询问。

他看到一个小吃店，就跑了进去，要了一份并不想吃的年糕红豆汤，招呼了一个女服务员过来。

“你好！不好意思，拜托你帮我打个电话，问一下这个事。可以吗？”

底井武八简单地说明了情况，请她替自己打个电话。

头裹白头巾的女孩子不假思索地同意了。

“等一下。说错了就麻烦了，我给你写一下。”

底井武八马上掏出本子，用铅笔飞快地写了几句话。

电话号码是从那个店里的火柴上知道的。女孩子拿着字条走到电话跟前。底井武八侧耳听着她打电话。

“喂喂，我找收款台。”

女孩子说道。

“哎哟，她已经回家了吗？”

女孩子拿着话筒瞅了底井武八一眼。

这是在他考虑范围之内的。因为他走出店门时，看到她已经在收拾发票了。

“我是今天去贵店吃饭的顾客。”

女孩子照着底井武八的指示说道。

“付钱的时候，我好像把五百日元和一千日元给弄错了，以为给了五百日元，其实给了一千日元。”

对方好像说了些什么，女孩子很得体地回答着。

“好吧，明天见到她就清楚了。明天她什么时候在呢？……什么？十一点呀，知道了。谢谢！”说完她挂了电话。

底井武八放心了。女孩子比他预想的要机灵。

“啊呀，麻烦你了。”

他快速拿出两张一千日元的票子塞到女孩子手里。

“她说上午十一点吧？谢谢你。”

这样就不必傻傻地在站前等候了。

第二天早上，底井武八十点前就等在了龟户站。

如果女收款员宫部良子是十一点上班的话，必定这个时间来车站。底井武八这么想着，在人流中搜寻她的面孔。不过，要是这么站着，被对方先看到的话，她可能会产生畏惧，所以他站在不显眼的存包处前面。在这里可以从侧面看到朝着车站入口走过来的人。

明亮的阳光下，无数的旅客被车站吞吐着。底井武八的眼睛只盯着年轻的女子看，他记得她的模样，凭着这个记忆，观察着从远处朝车站走过来的女人。

还不到十分钟的工夫，只见一位穿白色上衣、天蓝色裙子的女子朝这边走来。她的脸部轮廓很像宫部良子，由于离得远，看不清楚五官，但八九不离十。于是底井武八慢慢地迈开脚步朝她迎过去。

女子快步朝站内走去，底井走近后，打量她的侧脸，肯定她就是宫部良子。宫部良子没有注意到他，从皮包里拿出了月票。底井武八紧贴着她身后穿过了检票口。

一进入站台，宫部良子就朝着市川方向张望，电车还没有来，她就站在那里等车。底井武八和她之间隔了一个人，紧盯着她。虽然已经过了上班高峰，但车站里还是人很多。他琢磨着该怎么跟她开口，却想不出好主意来。说话不小心的话会把事情搞砸，得想办法找到合适的机会，自然而然地搭话。

车来了，底井武八跟在宫部良子后面上了车，一眼看到中央有个空位，他快速穿过人群，坐了下来。他期待宫部良子能够走到自己面前来，可是她站的地方离这边有些距离。

底井武八打开了杂志，但眼睛并没有离开她的身体。如果再近一些的话，就可以通过让座跟她搭话。可惜离得太远，这个计划就破灭了。特意去叫她过来坐下也不自然。

电车继续向前行驶着，十分钟后就到了秋叶原站。

角落出现了空位，宫部良子坐了下来。

虽然她在饭田桥下车，但时间过得很快，必须尽快找到机会。

由于让座的企图落了空，底井武八站起来，若无其事地走过去，站在她的面前。

宫部良子闭着眼睛，没有意识到站在自己面前的乘客是底井武八。

从上往下看她那张可爱的脸蛋，由于每天上班而显得疲惫。由于每天晚上下班很晚，她闭着眼睛大概是因为睡眠不足吧。

底井武八闻到了一股轻微的香水味，自然是那种廉价的香水。

只剩下御茶水和水道桥两站了……

底井武八必须抓紧时间跟她搭话，却苦于找不到合适的借口。这时，饭田桥到了，她下了车。

宫部良子从站台朝着检票口走去，她周围依然是人流如潮。

她走出了检票口，望着阳光灿烂的外面站了片刻。然后迈开脚步，走进了一家咖啡店。

底井武八估计她是和某人有约，上班之前在那里见个面，也跟了进去。

店里人不是很多。她坐的那桌没有别人。底井武八故意在她斜对面的座位上坐下来。她掏出手绢轻轻地摁着额头。

底井武八看见端到她面前的是绿色的苏打水，大概是在电车里挤得口渴了吧。他仔细观察了一会儿，并没有其他人出现。

宫部良子看到自己面前出现了一个人影，就抬起了头。

底井武八对她亲切地笑了笑。

“哎呀，你好啊。总觉得好像在哪里见到过小姐，果然是你啊。”

宫部良子大吃一惊。起初她好像没有想起来，然后渐渐地意识到是昨晚给她看照片的男人。底井武八从她的表情里看得一清二楚。

“昨天很抱歉。”

他微笑着低头致歉。

她一言不发地坐着。连问候都没有说。

“我也要跟你一样的吧。”

底井武八跟店里的女服务员要了苏打水。

“发票开在一起，可以吗？”

“可以。”

宫部良子想要说什么，被底井武八阻止了。

“不用，让我来吧。”

为了不引起对方的戒心，他尽可能爽快地说道。

“你也是从龟户上车的吗？”

宫部良子一直吃惊地听着底井武八说话，没有喝一口饮料。

“哎呀，看来咱们从龟户一直同车啊。我总觉得看你眼熟，所以一直跟你到这里的。我也是龟户上车的。”

“是吗？”宫部良子好容易才反应过来似的，终于轻轻开口道。

“肯定是每天早晨坐同一趟电车来的。你住在龟户哪一带呢？”

“2-408。”她的声音很小。

“是吗？我在反方向。每天早上都是这个时间上班吗？”

“嗯。”

“每天回家那么晚，很辛苦啊。”

女服务员端来了两个人的苏打水和发票。底井武八迅速把发票放在自己这边。

女子看了一眼，露出很为难的样子。

“你晚上也坐电车回家吗？”

“是的。”

“龟户站下车后，离家还很远吧，一个人不害怕吗？”

“不害怕。已经习惯了。”

“不过，你的工作很辛苦啊。”

底井武八尽可能表现得让她安心。

“休息几天呢？”

“一个月两天。”

“很盼望休息吧？”

“是啊。”

底井武八觉得该换个话题了。

“不过，我想冒昧地问你一个问题，昨天晚上，我不是给你们店里的女孩子，对了，叫阿代的女服务员看了一张照片吗？”

底井武八很随意地说道。宫部良子露出吃惊的神色。

他仍然微笑着继续说道：

“那张照片里的男人是我正在寻找的一个朋友。对了，我和他是在一个公司里工作。他是我的朋友，最近迷上了游玩，他的家人也很发愁。现在他不知去了哪里，也没去上班，所以他的家人拜托我帮忙找一找。”

考虑到对方以为自己是警察，底井武八必须尽力打消她的疑问。

“是吗？”

宫部良子脸上微微露出的放松表情没有逃过底井武八的眼睛。果然她一直以为自己是警察呢。

“就是这个男人。”

底井武八从口袋里掏出山崎治郎的照片，放在桌子上。

“怎么样？你也见过他吧？”

她虽然看着照片，却没有说话。这照片与昨晚他给店里的女服务员看的是同一张。

“那个叫阿代的女孩子说见过他，我正要仔细问她的时候，她就被店里人打发出去了。所以下面的话没有来得及问。你如果知道什么，可以告诉我吗？这个男人好像和一个女人来过店里，我想知道那个女人是谁……”

“……”

宫部良子没有回答。她的视线离开照片，扭向一边，表情显得愈加犯愁了。

“你放心，我绝对不会给你带来麻烦的。”他竭力劝说，“我想，昨晚那个叫阿代的女孩子被店里人打发出去，就是为了不让她告诉我吧。”

底井武八注视着对方通红的脸说道。

“不过，这也没有关系。哪个店家都会阻止对客人不利的问话的。不过，正如我刚才所说的，这件事根本不会给对方带来任何麻烦，所以你也不用担心什么。我只是很想知道我朋友在哪儿，现在怎么样？请你告诉我那个女人是谁，好吗？”

“这可让我为难了。”她低着头回答。

“为什么为难呢？因为她是常来店里的客人吗？”

“……”

“还是因为她就住在附近？”

她的眼睛抽动了一下。

哈哈，明白了，肯定是附近的女人。

果然是个艺妓。看来山崎找到和冈濑正平要好的女人了。就是在那个咖啡店里和山崎说话的女人。恐怕是山崎找了个借口，把那个女人叫来调查的吧。

“那个女人是艺妓吗？”底井武八想进一步确认。

“我什么也不知道。”宫部良子突然从座位上站起来。

"我该去上班了，告辞了。把发票给我吧，我付自己的。"

3

"我付自己的。"宫部良子指着底井武八手边的发票，站起身来，她的脸上明显露出一杯苏打水也不想欠他的愤然表情。

底井武八有点不知所措了。要是现在让她走掉，就前功尽弃了。

"你等等，你等等。"

他双手按住她。

"你误会我了。再听我说一会儿好吗？"

"不了，已经不想听了。"

宫部良子站着瞪向底井武八。

"我不想对不认识的人乱说客人的事情。我该去上班了，再见。快点把发票给我吧。"

要是以往，底井武八肯定会吼她一句"有什么了不起的"，可是现在，他绝对不能发火，绝对不能切断已经抓住的线索。不然，以后的调查将更加困难。

"请你再坐一会儿吧，只要五分钟，三分钟也行。你不说话也可以，只听我说。"

底井武八瞬间变成了哀求的口气。

因为周围有客人，宫部良子也顾及自己的面子，极不情愿地坐了下来。

底井武八放了心，可是看她的表情依然很强硬。

"我跟你说，"他尽可能微笑着柔声细语地说，"正如刚才我说的那样，我不是警察。只是担心我的朋友，他自从行为放荡后，去向不明，并非只是我一个人担心他。他还有妻子和孩子，大家都很担心……”

底井武八这么说着的时候，突然灵机一动，想到一个好法子。

“还不只是担心。朋友的孩子两天前因为交通事故受了重伤，现在住院了。所以大家分头寻找他，却一直没有消息。孩子危在旦夕，他的妻子快要发疯了。我们作为他的朋友，也不能袖手旁观啊。”

宫部良子的表情，从听到孩子受了重伤开始，逐渐有所好转，她那冷漠的眼神变得柔和起来，进而露出担忧的神色。

底井武八暗自叫好，但他的眉头还是紧紧地皱着。

“因为这个缘故，你能否告诉我那个女人的名字呢？知道了她的名字，我就可以马上去找她，把朋友带回家去。因为我朋友肯定在那个女人那里。虽说你们店里有规矩，可这也是做善事啊。”

宫部良子脸上的表情很复杂。决不妥协的态度已经不见了。

“我因为太想知道这个信息了，所以早上特意在龟户站等你。”

“你说什么？”宫部良子吃了一惊。

“刚才我说住在龟户，是在撒谎，抱歉！抱歉！”

底井武八低头致歉了两三次。

“实际上，昨天晚上你在店里不告诉我她的名字，我偶然看到收款台上放着一封给你的信，上面有你的地址，才想到这个办法的。对你撒谎，很不应该，可是，这也是因为朋友的妻子太可怜了，实在看不下去啊。”

“……”

“我一定要把他带回家去。告诉我好不好？”

宫部良子避开他的视线，低下头，紧紧闭着嘴。

“求求你了。”

底井武八盯着她的脸。

“不好办啊。”

她回答的声音很小。

“还是不告诉我吗？”

底井武八显得很失望。

“嗯。”

“喂，我不知道你们店里的人是怎样要求你们的，不过，谁也保证不了我的朋友还能不能再见到孩子。”

她露出非常为难的样子，终于低声说道：

“告诉你也可以，不过……告诉你的话，你就会跑去找他吧？”

“当然了。”

“那么，他肯定会问你是从哪儿打听到的，就会知道是我告诉你的了。老板会骂我的。”

宫部良子听了底井武八的讲述后非常感动，但还是怕挨老板的训斥。

底井武八抱着胳膊思考有没有别的好法子。

他瞧着低着头的宫部良子的卷发思索着。

为了得到她的同情，他随便编了一个借口，结果还是不行。但是，只差一步了。再努把力，她就会说了。

该怎么说才好呢？

如果再磨蹭下去，宫部良子可能又会站起来。底井武八万分焦急。

急中生智，他突然想到了一个好主意。

底井武八朝宫部良子探过身去。

“我明白了。你的心情我很理解。不过，既然我知道你认识那个女人，就不会空手而归的。”

“……”

“所以，我有个两全其美的好办法，既不会给你造成麻烦，又能达到我的目的。怎么样，最后求你一次，这回可以帮忙了吧？”

“怎么帮呢？”

宫部良子终于抬起头来。

“你什么也不用告诉我。但是，我现在写一封信，请你把这封信送到那个女人家里。这样可以吧？”

宫部良子思考起来，看样子还是很犹豫。

“已经没有什么可担心的了。你什么也没有告诉我。你遵守了老板的要求。我这边你也帮我送了信，两头都没问题。”

底井武八拼命地说服她。

宫部良子眼珠子骨碌一转，终于同意了。

“……好吧，就这样吧。”

她第一次点了点头。

“真的吗？”

底井武八马上笑了。

“我照你说的做。请快点写信吧。”

“是吗？谢谢你！谢谢你！这下我就放心了。”

他表现得非常高兴。从兜里掏出小本子，撕下一页纸，侧过身，避开女子的目光，拿出铅笔。

底井武八思考了一会儿，写了下面这句话。

“请快点回来。山崎治郎收。”

然后，就是信封了。

“这附近有文具店吗？我想买个信封。”

“信封的话，我有两个。”

“……”

“不过，是很普通的信封。”

她打开女士包，从里面拿出信封，是牛皮纸的茶色信封，两个信封叠在一起，背面印有她工作的饭馆的名字。这是店里的信封。

“这个也可以吗？”

“可以。太好了。”

底井武八把字条折了两折，装进了信封。

“那么，请把它送过去吧。”

女子接过信封，看着正面，奇怪地问：

“不写收件人的名字吗？”

“我是故意不写的，如果写的话，艺妓所在的地方会很警惕，有可能不收的。你要口头告诉对方。”

“是吗？”她把信放进手袋里，顺便拿出手绢擦去鼻头的汗。

“那么，我走了。”她站起身来。

“哎呀，真是很对不起。”

底井武八很客气地低头致谢。

“啊，对了，事情紧急，请你现在就送去好吗？时间紧迫。”

“我知道了。去了店里后，我马上就去。”

“请务必送到。”

底井武八拿出三张一千日元的钞票，塞进她的手里。

“这是我的一点心意。”

“哎呀，这个我不要。”

她推辞着。

“不要这么说。请务必收下。怎么能让你白帮忙呢？”

“可是，这不合适啊。离我们店很近的。”

“还是收下吧。”

最终她还是收下了。

底井武八和宫部良子并肩走出了咖啡店。

“那就再见了。辛苦你了！”

说完，他故意朝相反的方向走去。

穿白上衣和天蓝色裙子的宫部良子，快速朝神乐坂那边走去。她的身影在人群中和出租车之间变得越来越小了。

此时，底井武八扭转身体追赶起她的背影来。

既然知道宫部良子的工作地点，就不用急于跟踪她了。底井武八吩咐她要立刻送去，所以，宫部良子上班后，会立刻去那个艺妓家的。她还说离店很近。

这是多么绝妙的主意啊。如果她随便找个时间去的话，他就必须一直在那个店门口蹲守了。

底井武八看到她进店之后，就躲在不引人注意的地方等候。

在店门前，雇工们都出来擦玻璃，打扫门口的地面，看这样子，宫部良子暂时还去不了。

看来得等上一个小时了，底井武八做好了思想准备，但没想到她很快就出来了。

只过了三十分钟左右，宫部良子就跑出了店门。底井武八吃了一惊，立刻跟在她后面。

她穿着店里的白色罩衣，口袋里肯定装着自己给她的那封信。

由于对方穿着白色的衣服，底井武八跟踪起来很轻松。怕她途中回头张望，他一直保持着安全的距离。

宫部良子走进了毗沙门天后面的雅致的料亭街。早晨，这一带还在沉睡之中，每户的大门都紧闭着，看不到一个人影。

这边的小路绕来绕去的，她好像没有发现后面有人跟踪，一直往前走去。

走到拐角的时候，她突然往左拐去。

底井武八加快了脚步，要是跟丢了，就不知道她进了哪户人家。最后他跑了起来。

跑到拐角，往前边一瞅，穿白色罩衣的宫部良子恰好进入一户人家中。太悬了，再晚一点，就不知道她进了哪个门里了。

可是，跟过去太危险，底井武八扫视着她进去的那家附近，那里有一根电线杆，上面贴着卖药广告。她进去的那家，就在电线杆旁边，他记住了这个标志。她只是去送信，应该不会待很长时间。他就站在原地，等着她出来。

五六分钟后，穿白色罩衣的女人果然跑出来了。

底井武八看到后，急忙转身朝来的方向走，拐过下一个拐角。

在那里转身一看，宫部良子消失在了刚才那个拐角中。

底井武八急忙从藏身处走出来，拐过拐角时，扭头一看，跑着回去的宫部良子的背影越来越远了。

大功告成。虽然对这个善良的女子说谎，令他愧疚，但也没有办法。

底井武八回到了刚才的那个电线杆前。

他若无其事地从那家门前走过。那是个低矮的二层小楼，大门是格子门。精致的招牌上写着“宫永”两个字。

格子门开着一条缝就是最好的证据。大概是刚才宫部良子出来时，在慌忙之中没有关严实。此处好像是一家茶屋。

果不其然。

冈濑正平公款消费的时候，就是在这里玩乐的。看来他在其他酒吧和夜店消费都是大张旗鼓的，来这里却是偷偷摸摸的。那个艺妓到底是个什么样的人呢？

底井武八边走边想。

山崎治郎不知是通过什么途径，找到了那个艺妓。那个艺妓很可能是经常出入这家茶屋的。山崎一定是通过拜托宫永，请那个艺妓去咖啡店谈话的。

底井武八拐过拐角往回走。

估计山崎治郎就是听那个艺妓说了什么后才开始行动的。一定是很重要的线索。山崎从家里出来时所说的，在出差之前和某人见面，会不会就是这个艺妓呢？

他继续往前走。

艺妓是冈濑正平的相好。说不定可以从她那儿得到一些有关冈濑被杀的线索。山崎就是听说这些才去找她的。自己想要和她见面，也是因为那女人说的情况，对山崎的推测可能很有帮助。

看到电线杆了，离宫永越来越近了。

好吧。既然如此，我就去问问那家的老板娘。

底井武八再一次走过宫永的门前时，斜眼一瞅，格子门仍然开着一条缝，他感觉就像在招呼他进去似的。

好嘞。那我就进去闯一闯。

来到拐角处，底井武八的腿又向宫永返回去了。

#4

底井武八打开了宫永漂亮别致的格子门。

底井武八从外面走进玄关，只觉得亮得晃眼。玄关式样风流雅致，走廊擦得镜子般锃亮，他站着发呆时，从里面走出一个十七八岁的女佣，睡眼惺忪的。

“这是我的名片。”

底井武八把名片递给她。

“我想见见老板娘。”

女佣俯下身施礼，垂着沉重的眼皮看了看名片，说：“老板娘还没有起床呢。”

底井武八一看手表，已经十一点多了。

“那我回头再来，几点来合适呢？”

“一点左右的话，应该起来了。”

这时，从里面传来一个女人招呼女佣的声音。

“哟，老板娘已经起来了。”

女佣自言自语道。她快步穿过走廊，走到尽头后消失在右边。

女佣自语“老板娘已经起来了”，可能是老板娘听见了在玄关的对话，所以呼叫女佣的吧。底井武八这样猜想。果然，那个女佣又回来了。

“您里面请吧。”女佣这么说着，给底井武八摆好了拖鞋。

底井武八在滑溜溜的走廊上跟着女佣走到一个房间外面，女佣隔着隔扇跪下来：

“他来了。”

“请进吧。”

里面回应。女佣拉开隔扇，是一个茶室模样的客厅，矮桌跟前坐着一位三十七八岁的白白胖胖的女人。好像是急忙换的衣服，还没来得及化妆。

“请这边坐。”

底井武八没有想到会被马上请到这里来。以为最多是在玄关应酬自己一下，受到这样的待遇实出意外，以至于有些不知所措。

“请坐吧。”

宫永的老板娘笑着请他坐在坐垫上。

“大清早就来打扰您，不好意思。”底井武八很惶恐。

“哪里，我这个样子真是让您见笑了。没办法，干我们这行的起得晚。”

“谢谢您！”

底井武八身体僵硬地施了一礼。

老板娘虽然肥胖，但风韵犹存，想必年轻的时候也曾在花柳界独领风骚过。她的笑容很迷人。

在她背后，排列着有年头的杉木水屋[1]、桐木小柜子、配有吊着红灯笼鸟居的稻荷神社摆设等等，靠墙壁还立着两把装在绸布套里的三弦琴，除了长火炉被朱红色矮桌代替外，整个就是世相狂言舞台的布景。

端坐在这背景前面的老板娘，果然气度非凡。

“是这样，”底井武八畏畏缩缩地开口道。

“我来拜访，不是为别的，我在名片上的那个报社工作。两天前，我们报社的总编，他叫山崎治郎，突然不知去向，虽然目前还没有对外公布这个消息。”

底井武八还没有说完，老板娘已经瞪圆了她那双漂亮的眼睛。

“啊，让刚才那个咖啡店的女孩子送信来的，就是你吧？”

老板娘好像已经看了那封信。如此一来，底井武八反而可以省去说明来意了。

“是我。”

“一大早的，我还纳闷呢。”

“实在对不起。因为我们得到消息，说是山崎总编失踪之前，曾和出

1　杉木水屋，神社等的洗手处。

入贵店的艺妓见过面。”

老板娘默默地望着底井武八。

“我们在全力寻找山崎的行踪，至今找不到任何线索。所以得到这个消息后，就想着哪怕有一丝可能也不放过，冒昧前来打扰，想了解一下关于他的情况。”

“我看到信是写给山崎的。”老板娘脸上没有了笑容，开口道，“上面写着‘请马上回来’。真把我吓了一大跳。看这意思，就好像那个叫山崎的人住在我家里似的。”

她的眉宇间微微露出了严厉之色。

“对不起。”

底井武八挠着头皮道歉。

“您这样说，我真是无话可说。实际上不光是我，大家都在寻找山崎的行踪。其中一个人听说了这个消息,就以为在您家里,所以写了那封信。”

“这我可担待不起啊。”

老板娘绷起了脸，拿起一支烟叼在嘴上。要是在舞台上表演的话，她应该会在火炉上砰地敲一下烟袋锅吧。

底井武八终于明白了老板娘立刻把他请进屋里来的原因了。大概是看到那封信很生气，所以特意叫他进来，想把自己撇清。不过，从她最初的表情却丝毫看不出生气了，真是让人佩服。

不过，老板娘对山崎治郎不可能一点印象也没有吧。如果她根本不知道这个人的话，就不会把初次见面的自己请进房间里来了。底井武八意识到了这一点。

“有冒犯之处，还望谅解。”

底井武八低下了头。

“可是，因为同事们都担心山崎的安危，我想请教老板娘，关于山崎治郎曾经和出入贵店的艺妓见过面的事，您了解多少？”

“这个嘛，”老板娘眯起眼睛，吐出烟雾，“我对他并不是没有印象。”

“真的？”

“说实话，我也听说过山崎这个名字，但是一次也没有见过他。他给我家打过两次电话。”

“是吗？是什么电话呢？”

“他找一个名叫玉弥的姑娘。”

“玉弥小姐是艺妓吗？”

“是啊，很当红的。如果说山崎和我家姑娘有来往的话，大概就是那个玉弥了。”

“她多大了？”

“我想她已经有三十岁了。”

“她在神乐坂很长时间了吗？”

“从半玉[1]的时候就在这儿了，干这行有十几年了吧。”

“她不是你家的艺妓吧？”

“我家是茶屋，有客人的时候才请她们来。她本人在一家叫森田家的置屋挂牌子。”

“是吗？那就是说她住在那个森田家了？”

“不是。现在的艺妓和以前不一样，就像上班族似的，都住在公寓里。”

要是打听出那个女人住在哪个公寓，底井武八想去拜访她。他对老板娘这么一说，老板娘回答：

“听说是在牛入柳町那边，不过，您还是去问我家的女佣吧，她可能知道。”

---

1 半玉，即雏妓。

“谢谢您！”

“她马上就来，你直接问她吧。”

老板娘不知怎么地变得热情起来。

“由于山崎给我家打过两次电话，找玉弥小姐，我就猜到他不是她的客人。如果是客人的话，就不会打电话，而是通过置屋来请。山崎到底为什么事情找玉弥小姐呢？”

“这个嘛……”

底井武八踌躇起来，此时应该实话实说，还是编个借口糊弄过去为好呢？

事到如今已经不好编瞎话了。还是如实相告，才有可能从老板娘那里得到什么线索吧，这样做比较明智一些。

“这个事不能让别人知道。”

底井武八说道，

“山崎是我们报社的总编，他一直在调查冈濑正平的事。”

“啊，冈濑？”

老板娘瞪大了眼睛，很显然，她也认识冈濑正平。

“您认识他？”

看她的表情，不像是通过报道或者什么媒体知道冈濑正平这个名字的，而是那种听到更熟悉的人的名字时的表情。

“是的，不太熟悉。”

老板娘简单地回答，但从她的表情，底井武八确认自己的推测是正确的——冈濑正平是这家的常客。

“以前冈濑先生来过这里吗？”

底井武八不失时机地问道。

“来过。”

老板娘也许是觉得无法隐瞒了，勉强答道。

“冈濑先生惨遭不测之前，常常来我家。”

“那还是冈濑先生花钱如流水的时候吧，七八年前了吧？”

“是啊，就是那个时候。冈濑的事，我是后来在报上看到的。虽然报道中说他经常出入酒吧和夜店，可是，却没有提到他常常来我这里，可见他是很保密的。”

“那么，当时警察没有来调查过吗？”

“没有来过。”

其实，是因为冈濑正平没有对警方提过在宫永消费的事。别的地方都由于他的供词而一个不漏地被追查取证，只有这里成了漏网之鱼。由于冈濑并没有坦白所有的花销，所以这里得以逃过调查。

“这么说，当时冈濑先生最喜欢的就是玉弥吗？”

“谁说不是啊。那时候她还很年轻，比他小两岁，非常受宠，常常叫她来这里。”

“这样啊。”

果然不出所料。冈濑正平在别处也有不止一个女人，在这里也有玉弥这么个艺妓。他一出狱就立刻去找玉弥，就是底井武八跟踪他的时候，在毗沙门天附近跟丢的那次。冈濑正平由于不知道玉弥现在的住所，所以才来造访宫永的吧。

“两个人已经到了很亲密的程度吗？”

“是啊。冈濑先生很喜欢玉弥小姐，而玉弥小姐好像也很喜欢冈濑先生。”

“那么，冈濑先生来这里的时候，很顺利地见到玉弥小姐了吗？”

“是的。”老板娘微笑道。

“有七八年没见面了。两个人都很高兴呢。”

“恢复感情了吗？”

底井武八明白冈濑正平的心情。

“可是，玉弥已经有别的男人了。”

老板娘很自然地压低了声音。

“真的？那冈濑一定很失望吧？”

“在艺妓的世界里，有男人不是什么新鲜事。这一点冈濑先生也很清楚，看样子并没有特别生气。”

底井武八突然意识到，玉弥有了别的男人，也是个很重要的线索。

“不知这么问是否冒昧，那位玉弥小姐的男人是哪位呢？”

底井武八有所顾忌地问道。

“这个，不能说啊。”

老板娘的回答不出他所料。这也在情理之中。对于初次见面的底井武八，她是不应该泄露这方面的信息的。特别是花柳界的女人嘴很严，可是底井武八非要问出来不可。

冈濑正平——玉弥——玉弥的男人。

这么看来，和玉弥见面的山崎的行踪之中，那个男人也占有相当的比重了。

“您说得是。”底井武八点点头。

“不过，老板娘，我很担心山崎的去向。为此才务必要见到山崎失踪前见过的玉弥小姐啊。还有玉弥小姐的男人的情况，我也很想了解。”

“怎么，你的意思是说，玉弥小姐，还有她的男人，跟山崎的失踪有什么关系吗？”

老板娘厉声责问。

“哪里，我不是那个意思。”

不可思议的是，坐在房间里的底井武八，心情渐渐沉静下来，最开始的畏缩感也随之消失了，对这位老板娘的威严也不那么畏惧了。

“我绝对不是这个意思。不过，山崎到底问了玉弥小姐一些什么事情很重要。之所以这么说，是因为山崎一直在调查冈濑正平的事情。我不知道山崎从哪里打听到玉弥小姐的，恐怕他来找玉弥小姐，是为了向她了解冈濑先生的情况。虽然老板娘说，冈濑先生对于玉弥小姐有了别的男人没怎么生气，但我认为冈濑先生并不能那么平静。这也是人之常情啊。我觉得这里面的纠葛，正是一直调查冈濑正平的山崎采取行动的关键所在。”

底井武八终于能够流利地表达了。

“因此，请您务必把玉弥小姐的男人的名字告诉我，作为参考。我一定会保密的。”

老板娘垂着肥胖的脸庞，然后，将手里的烟头在烟灰缸里摁灭。

“我明白了。”

她那毅然的口气，让底井武八仿佛听到了敲打烟袋锅的声音。

“那么，我就告诉你吧，也好打消你的疑虑。玉弥小姐的先生是从事赛马行业的人。”

“什么，赛马行业？”底井武八的脑子里浮现出山崎治郎上衣后背上沾的厩舍的一片稻草。他急忙问道：“是，是什么人呢？”

“这可不好告诉你了。”

就连老板娘也犹豫不决起来。

“拜托了，老板娘。我绝对保守秘密。”

紧蹙眉头的老板娘终于说道：

“没办法。要是被人知道是从我嘴里说出来的，可不得了啊。”

“我很明白。这一点您尽可以放心。”

“其实，玉弥小姐的男人，叫作西田孙吉。”

“西田孙吉……”

好像在哪里听过这个名字。对了，西田，不就是末吉厩务员所在的厩舍的名字吗？

“是不是在府中赛马场有厩舍的那个人呢？”

“你还知道他呀？”

老板娘显得很意外。

“你也玩赛马吗？”

“偶尔玩玩。所以听到这个名字就想起来了。”

“是的，西田先生有厩舍，在府中也是很有年头的厩舍了。”

第四章　死亡托运者

1

底井武八去牛入柳町的公寓拜访玉弥。

地点是宫永的女佣告诉老板娘的。

牛入柳町离神乐坂很近。是一座五层楼的公寓。

一进公寓，就是管理员的房间。底井武八向管理员询问了玉弥的房间号。回答是三层的 32 号室，中年女管理员告诉他："就算你现在去，她也不在。"

底井武八一看表，是下午一点。考虑到在这个时间，从事夜间工作的女人必定在家，他才从宫永直奔这里的。

"她会去哪儿呢？"

"去习艺啊。她现在在学习清元[1]呢。听她说今天是合练。"管理员浅浅一笑。

"什么时候回来呢？"

1　清元，净琉璃的一个门派。

“这个嘛，三点左右吧。然后马上入浴，化妆后，要赶到置屋去呢。”

“还真够忙的呀。”

“是啊。她每天几乎都去习艺，很少有闲工夫。”

“我以为她们做艺妓的白天没事干，每天都优哉游哉的呢。”

“没那事。起码比一般的上班族要忙。”

“那么忙的话，先生来了，也没时间好好陪吧？”

底井武八暗指玉弥的男人西田孙吉。西田是府中赛马场很有实力的马厩老板。

“谁知道呢。”管理员笑着说。

“西田先生经常来吗？”

“这可不好说啊。”

管理员对于还不熟识的底井武八没有给出明确的回答。

“那我回头再来吧。”

底井武八鞠了个躬就走了。

可是,现在也没有地方可去。他不知道该怎么消磨这两个小时的时间。没法子，只好坐电车去涩谷看了场电影。电影很没意思。

底井武八再次返回牛入柳町的公寓，管理员一看到他，就说：

“玉弥小姐刚刚回来了。”

“是吗？你告诉她我来拜访了吗？”

“没有，我还不知道你的名字，所以没有说。”

“谢谢！”

底井武八走上了公寓的楼梯。遇到了走下楼来的两个年轻女人，看上去都很优雅。

来到三层 32 号室门外，他摁了门铃。

在门外等了片刻，听到从里面开锁的声音，门打开了一条缝。

“是哪位？”

对方只露出了眼睛，一双很美丽的眼睛。

“我是底井。我是刚才在神乐坂的宫永打听到府上的地址，冒昧来访的。”

底井武八尽可能客气地说道。

“哎哟，是宫永呀。”

不愧是艺妓，一听到熟悉的茶屋的名字，表情立刻就柔和了。

“你找我有什么事吗？”

“在这里说恐怕不太方便。可以占用你五六分钟时间，让我进去说吗？”

“你在宫永，跟谁打听的呀？”

玉弥还是不放心。

“是老板娘。”

“那么，是宫永的妈妈桑让你来这儿找我的吗？”

“她倒没有这么说。是因为有件事，我想跟你谈一谈，才来的。”

此时恰好有一个女人从底井武八的背后走过去，还打量着他。玉弥可能也觉得有些不合适，就打开门说道：

“那就请进吧。”

底井武八走了进去。入口狭长，连接着一间八叠[1]大小的西式房间，地上铺着绯红色地毯，摆着漂亮的成套沙发，沙发上有豪华的靠垫。家具都擦得锃亮。里面的房间由隔扇隔开，估计是和式房间。一看就属于高级公寓。

“请坐吧。”

1　叠，日本建筑物房间的表示面积大小的单位。一叠就是一块榻榻米的大小，基本上是 90 厘米 ×180 厘米，1.62 平方米。

玉弥坐在底井武八的对面。此时底井武八才看清她的脸，虽说三十岁出头，可最多二十六七的样子。鹅蛋脸，一双黑亮的大眼睛。除了穿着素色连衣裙外，可以说是典型的艺妓外貌。

底井武八有些拘谨地坐在椅子上。他考虑到如果她的男人在隔扇那边，他们说话就能听到，不禁问道："现在，你是一个人吗？"

"是的，妹妹也住在这里，现在出去了。"

玉弥收拢短而丰满的下颚，说道：

"请问有什么事找我呢？"

她那凛然的态度，令人联想起舞蹈的造型。

"对不起，忘了自我介绍了。"

底井武八递出了名片。

"这是我的名片。"

玉弥看着名片上的铅字，眼神微微露出惊慌的神色。当然，并非对底井武八这个名字，而是他所在的报社。

"这样啊。那么，你想问些什么问题呢？"

玉弥把名片放在茶几上，抬起了头。也许是多心吧，底井武八觉得她的表情似乎有些狼狈。

"是这样的，"底井武八简明扼要地说起。关于他们报社的总编山崎治郎突然间去向不明的事，山崎失踪之前和她在神乐坂的餐厅里见过面的事，以及好不容易才了解到这一情况，等等。

"所以，现在整个报社都在寻找山崎总编的行踪呢。"

底井武八望着玉弥漂亮的脸蛋说道。

"因此，了解山崎和你的谈话内容，就成了我们要搞清楚的问题。当然，他的失踪和你没有什么关系，我来拜访真是给你添麻烦了。但是，我们考虑到，说不定山崎在和你说话时曾暗示过他的去向，于是贸然来拜访你。”

玉弥不时低下头，显出认真倾听的样子，最后说道：

“我明白了。正如您说的那样，山崎先生来找过我。”

“真有这回事吗？”

“不过，不是在这个公寓里。宫永的妈妈桑大概对你说过了，山崎给宫永打过好多次电话，没办法，就在电话里和他约定在附近的餐厅见面。”

玉弥没有说谎，和他事先了解的情况很吻合。

底井武八看着她的面容，想象着七八年前，一定是一位相当漂亮的艺妓呢。这么漂亮的脸蛋，也难怪冈濑正平迷上她。他一边这么思忖，一边等着她说下去。

“那么，山崎跟你谈了些什么呢？”

“实际上……”

玉弥好像有些难以启齿。

“他问了我有关冈濑正平的情况。”

“他为什么跟你了解这些呢？”

底井武八故意问道。他是想尽可能地让对方多说。从中或许可以寻找到其他线索。

“哟，您还不知道吗？”

玉弥怀疑地瞧着底井武八。

“是的，什么也不知道。”

“撒谎吧。宫永的妈妈桑没有告诉您吗？”

“是的，只是听了一耳朵。”实在不能再装傻充愣了，底井武八含糊其词地回答。

“瞧瞧看，肯定会告诉你的。既然如此，我就不多说了，我在七八年前，常常得到冈濑先生的关照。那还是冈濑先生因为那个事入狱之前了。

我和他的关系，人们不太知道，希望您能替我保守秘密。”

“那是当然。我不会多嘴多舌的。”

“山崎先生跟我见面，问了好多我和冈濑先生以前的关系，不过，我没有什么可以回答他的。因为只是普通的艺妓和客人的关系啊。山崎先生也许是因为冈濑先生在福岛县被杀死的事，想要跟我了解情况作为参考吧，可是跟我一点关系也没有啊。”

“你对山崎是这么说的吗？”

“说了刚才我说的那些。”

“可是，冈濑先生出狱后，应该来见过你的，对吧？”

底井武八终于说了出来。玉弥立刻露出惊慌的神色，问：

“您连这个都知道吗？是山崎先生对您说的吧？”

“不是。他什么也没有对我说过，但是我也知道这件事。”

“哟，那您是怎么知道的呢？”

“这个嘛，其实，我是偶然看到冈濑先生去宫永的。”

是跟踪去的，这话他实在说不出口，于是这样编了一句。

“是吗？我一点都不知道啊。”

玉弥居然也垂下了头。

“的确有这回事。听说冈濑先生去宫永打听我。”

果然如此啊。真相果然如自己推测的那样，底井武八也很愉快。

“然后，你和冈濑先生见面了？”

“他好像是从宫永的妈妈桑嘴里打听到这个公寓的电话，就给我打了电话。”

“后来见面了吗？”

“没办法，我就去了宫永，因为冈濑先生在那里等着我呢。也就谈了一个小时左右，没有谈什么要紧的事，东一句西一句的。而且，冈濑先生已经知道我有主了，所以只是聊了些以前的事，就分别了。”

“您的先生是，”底井武八叮问，“府中赛马场的西田先生吧？”

“宫永的妈妈桑什么都跟你说了呀。”

玉弥有些不乐意。

“这也是没办法的事。这说明我问话很有水准嘛，所以宫永的妈妈桑就说漏了嘴呀。请不要生气。再说，你有西田先生这么个人，我在别的地方也有所耳闻。你放心，我绝对不告诉别人。”底井武八安慰道。

玉弥的脸微微泛红，看样子是个相当纯情的艺妓呢。底井武八心想。

“那么，山崎是在那个餐厅和你谈话时，知道西田的吗？”

这个很关键。

“当然了。不过，只谈过那一次。”

玉弥回答道。这话也不像是说谎。

“没有问这问那的吗？”

“问了。山崎先生也和您一样，问了半天西田的事。”

那是自然了。山崎肯定是觉得这个问题很重要。

——冈濑正平出狱后，就去了府中的赛马场。末吉是西田马厩的厩务员。玉弥和冈濑、玉弥和西田、西田和冈濑……从这三条线来看，山崎也想知道冈濑去西田马厩的缘由。

“那时候，冈濑先生已经去拜访西田马厩了。就在府中赛马期间。”

“听说是这样。”

玉弥也知道。

“哟，你是听西田说的吗？”

“不，是山崎告诉我的。西田什么也不跟我说。”

“是吗？冈濑先生虽然去了西田马厩，可我不知道他是否跟西田见面了。可是，他到底为了什么去找他呢？”

“这个我可不知道。”

“山崎也问过你这方面的问题吧？”

“是啊，和您问的问题完全一样。不过，我的回答也一样。”

“所以我想问问，西田先生和冈濑先生以前见过面吗？也就是说，冈濑先生入狱之前。”

玉弥有些犹豫，还是点了点头。

“见过面，不过只有两三回，那还是冈濑先生对我非常关照的时候呢。那时候，西田先生对我也很不错。因为这个缘故，我还曾经介绍他们两个在茶屋见过面呢。”

“竟然有过这样的事啊，明白了。”

喜欢玉弥的两个男人,在玉弥的介绍下见了面。不管他们内心怎么想，恐怕是很平静的见面。

“那个茶屋，也是宫永吧？”

“我忘了，好像是别的茶屋。”

等一等，底井武八转念一想，西田和冈濑的见面，果真是那么平静的吗？表面上或许是这样，但后来发展成很复杂的关系了吧。虽说到底是怎样的关系现在还不清楚，但二人的关系应该不会那么简单。

出狱后的冈濑，不是很快就去府中赛马场了吗?

“冈濑先生去了西田先生的马厩，确有其事。但是，那时候他见到西田先生了吗？”

“你是说赛马期间吗？”

玉弥反问道。

“是的，好像是第二天。”

“啊，那天的话，西田先生不在马厩。”

“是吗？为什么呢？那天不是重要的比赛日吗？”

“那之前西田先生得了胃溃疡，一直在汤河原休养呢，所以不在马厩。”

底井武八觉得她说的是实话。那天，自己跟踪冈濑正平到府中时，亲眼看到冈濑和西田马厩的末吉厩务员说话，然后只买了一场比赛的马券，就离开了赛马场。大概他听末吉厩务员说西田不在后就走了。

可是，即便如此，为什么末吉厩务员和我见面的时候，没有这么说呢？末吉只是含糊其词地回答自己的问话。或者是因为冈濑这个人以前的经历，使他不敢说出自己主人的名字吧。

底井武八还有一个疑问。

“实际上，山崎也在冈濑先生被杀害后，去了西田先生的马厩呀。”他说道。

“是吗？我一点也不知道啊。”

玉弥瞪大了眼睛。

“山崎没有对你说过吗？”

“没有。不过，为什么山崎先生会去西田先生那里呢？”

她问道，这也是底井武八想问的。

“我也不知道，不过，我想山崎去见西田先生，是有什么话要说。”

“请等一下。那是什么时候的事呢？”

底井武八在心里回想了一下日期，是冈濑被杀之后，过了二十天左右的五月十二日的事。

“这可就奇怪了。”玉弥皱起眉头说。

“那天他也不在啊。虽然西田先生从汤河原回来了，但又带着立山寅平先生的马去大阪了。正好是大阪赛马开始之前，所以西田先生不可能跟山崎先生见面的。”

“怎么，西田先生有立山寅平先生的马吗？”

底井武八有些吃惊。立山寅平是前议员。

“西田先生手里真是有好马主啊。”

底井武八对玉弥说。

这并非恭维。立山寅平前议员的名字是经常见报的，在保守党中被称为“少壮派”。每次召开议会时，他的名字就会频繁地出现在报刊上。他曾经在与反对党的竞争中因奋勇当先而名噪一时。他还曾把委员长隔离起来，在单独审议的场合阻止反对党议员入场，还曾跑到议长席上去抗议等，十分活跃。当然，议员这类人或多或少都有些表演欲，而立山寅平就更爱出风头了。

但是，这次总选举立山寅平落选了。他准备在下次选举中卷土重来。

如果西田孙吉有这位大名鼎鼎的立山寅平的赛马，他的西田马厩在府中拥有如此名望就不奇怪了。由于西田孙吉带着立山寅平的马去参加阪神赛马了，所以没有和山崎见面。也就是说，山崎虽然上衣后背沾了马厩的干草屑，却没有见到西田就回来了。

如果山崎没有和西田见面，自己原来预想的这条线就有些问题了。

山崎治郎离开家的时候，曾经对妻子说，可能出门两三天，但当时定不下来。底井武八由此推测，山崎一定是在外面和什么人会面，根据谈话的结果决定回家不回家。

他认为山崎在外面要见的人正是西田。

但是，山崎如果没有和西田孙吉见面的话，这条线索就断了。

山崎出门去见的人物又是谁呢?

底井武八眼前突然冒出了玉弥的脸。

——说不定就是坐在眼前的这个女人吧?

玉弥的男人是西田，那么西田就有可能让玉弥代替自己去跟他见面。山崎莫非那天早上是打算和玉弥在外面见面？她和山崎曾经在神乐坂的餐厅里见过面，彼此也认识。

底井武八打算若无其事地刺探一下玉弥。

“玉弥小姐，我想问一下，你和山崎只是在神乐坂的那个餐厅里见过一次面吗？”

“是啊。哟，干吗问这个呀？”

玉弥打量着底井武八的脸色问道。

“没什么，我只是觉得那以后，山崎可能也和你见过面。”

“绝对没有的事。”

她有些不高兴地说道。

“根本没有这个必要啊。那次在餐厅见面之后，他就没什么事情再找我了。”

山崎于六月十五日上午九点二十分，离开大田区洗足池的家后就一直没有回来。已经过去四天了。

“只是作为参考想问一下，”底井武八问道，“六月十五日你在干什么呢，还记得吗？”

“什么？”

玉弥瞪大了那双漂亮的眼睛。

“你为什么问这个呀？”

“没什么，只是作为参考想问一下。请不要见怪。如果可以告诉我的话，非常感谢。”

“那天是星期一吧？”

“是的。”

“我还记得呢。因为是星期一，我每周一次要去师傅那里上清元的课。课从九点半开始，那天我去上课了。”

如果是九点半的话，山崎治郎九点二十分离开家的，他们应该没有时间见面。

“几点结束的呢？”

“清元的课中午结束。不过，接下来我还要去学习三弦琴。星期一，是一周之中最忙的一天，一般回到这个公寓都是下午四点以后了。然后，我还要赶紧打扮一番去置屋。”

“这样啊。”

如果玉弥所说的话是真的，那她应该也没有和山崎治郎见面。

已经没有什么好问的了，而且再追问下去，会惹对方不高兴，底井武八决定撤退了。

“实在打扰你了。问了你这么多没用的话，对不起了。”

“哪里，也没好好招待您。为这事您也够费心的啊。”

底井这么一说，玉弥好像松了口气似的。

2

底井武八回到报社，发现编辑部里非常热闹。

“喂，底井君。”

主编一看见底井，就瞪着眼珠，嘟起了嘴。

“找你半天了。你去哪儿了？”

“啊，去采访了。”

底井望着主编恼火的脸，吃了一惊。

“有什么事吗？”

“还问什么事呢，出大事了！发现了山崎的尸体。”

“什么？发现了尸体？”

底井仿佛被石头打了似的。虽说多少有预感，然而真的听到这个消息时，还是惊愕万分。

“是的。下午警方告诉我们的，说是发现一具很像山崎的男性尸体，在福岛县安达郡町荒井附近，像是被人勒死的。”

“勒死？真的是他吗？”

底井声音亢奋地问道。

“嗯，还不能确认是不是他本人。咱们报社这边必须派一个人去，对方才能最后确认。”

“是。那派谁去呢？”

“山崎的太太已经先一步去福岛了。说实话，你一直在山崎手下干活，最熟悉他，本想派你去，可是找不到你，只好让他太太独自去了。”

主编不满地瞪着底井，似乎是责怪他刚才是不是去哪儿磨洋工了。

“真是对不起！”

都是因为在玉弥的公寓里耽搁了时间，才回来晚了。

“那么，请马上派我去吧。”

底井武八兴奋地说道。

“我们也是这样考虑的。你马上出发吧。”

“请等一下，想问一下具体的情况。”底井贴在主编的桌前，“到底是在什么情况下发现的呢？”

“还没有详细报告发来，不过据说装着尸体的旅行箱是从东京寄出的，因此当地警方推测被害者有可能是东京人，便给警视厅发来了照会。”主编回答。

“什么？尸体装在旅行箱里了？”底井又吃了一大惊。

“是的。”主编也紧锁着眉头。

“那个箱子据说是从田端寄出的。因此，接到当地警方照会后，警视厅调查了管片内所有离家出走和去向不明的人。报社只接到过警视厅和山崎太太打来的电话，详细情况不太清楚，你到了当地之后，就会搞清楚的。”

“那么，我马上就走。”

“好的。原本应该派两三个人去的，可是人手太紧张，不好意思，就你一个人去吧，看情况灵活处理。”

“明白。”

底井武八当即从主编手里接过了差旅费。

“到了那边，马上报告。”

主编叮嘱道。

“放心吧。对了，是福岛县的什么地方？”

“安达郡町的荒井。”

“在哪里下车呢？”

“我也不清楚，你得去查一下。”

底井武八找出编辑部配备的分县地图册。看到福岛县安达郡的荒井，字很小，最近的车站是五百川。

底井武八赶往上野站，十分钟后有一趟快车。他购买了去郡山的车票。虽然从郡山到五百川只有两站地，但因为是快车所以小站不停。

到郡山要四个小时。从上野出发时已经是傍晚了，抵达郡山时是晚上八点半。

底井武八直接去了郡山警署。虽然他不知道安达郡荒井的警署具体在哪儿，但知道它离郡山不远，所以他估计在这个管片之内。

一到警署，只见灯火通明，但只是稀稀拉拉坐着几个警察。

“噢，是那个案子啊。”

底井武八一打听，警察这样回答道。

“往最里面走，贴着‘搜查本部’的地方就是，应该有人在的。”

底井武八沿着昏暗的走廊往里走去。狭窄的走廊两边分割成了几个小房间。

在走廊尽头的房间门上贴着一张长条纸，上面用毛笔字写着“旅行箱杀人案搜查本部”。房间里亮着灯，从玻璃窗上可以看到人影晃动。

山崎治郎真的被杀死了，底井武八第一次感受到了这种现实的压力。他轻轻地推开了门。

“你是谁？”

一个挽着衬衫袖口的警察回头问道。

底井武八说明来意后，被领到了房间中央。

在正中央的桌子前坐着一位四十岁上下的胖警察，敞着衬衫，抽着难闻的烟。接待的警员把底井带到他的面前。底井递出自己的名片，胖警察也给底井他的名片。名片上写着“郡山警署警部补 臼田与一郎”。

“大老远的，辛苦了！”

臼田警部补先问候道。

“我是这个案子的搜查主任，请坐吧。”

看到被害者工作单位派来的人，搜查本部里的气氛也活跃起来。臼田警部补旁边还有三四个人，大家一齐看向底井。

“我还什么也不清楚。”

底井武八脸色苍白地说道。

“我听报社的主编说，山崎的尸体在这附近被人发现，就马上赶来了。能不能肯定就是山崎呢？”

底井先这样问道。

“应该是没有错的。”

胖警部补回答。

“他的太太刚才来了，确认了尸体。”

看来是没错了。

“我明白了。”

臼田警部补拿起了部下交来的资料。

“我也有些问题想问你，所以先大致说明一下情况。尸体装在一个旧箱子里，十七日上午八点被人发现的。场所是荒井，距离这个车站两站地左右，靠近福岛的五百川。”

警部补说道。

“这个是现场的照片。”

他从一个厚厚的信封里拿出照片给底井看。好像是今天早晨拍的照片，已经洗出来了。画面是草丛中刚刚被发现的箱子。附近都是田地，草丛的周围是树林，是很常见的乡村风景。

因为知道箱子里面的东西是什么，虽然是一个很普通的箱子的照片，也感觉可怕起来。

“这是附近农民发现箱子时的状态。农民觉得奇怪，就报案了。派出所的警察先去看了之后，再向我们报告的。这是打开箱子时的照片。”

警部补又拿出一张照片来。一个男人蜷缩着身体被塞在箱子里。看样子是四肢被折起来，勉强塞进去的。他的脸是侧着的。

照片上的脸虽然黑乎乎的，但毫无疑问是山崎。

“怎么样？肯定是这个人吧？”

警部补立刻窥视着底井武八的脸问道。

“是的……是他。”

“那么，为了慎重起见，请仔细看看这个吧。”

警部补又拿出一张照片给他看。

那是尸体从箱子里拿出来之后，平躺在草地上的照片，脸部拍得很清晰。

山崎治郎的脸痛苦地扭曲着，嘴张开，舌头伸了出来，从嘴角流出了黑紫色的东西，大概是血迹吧，脖子上有一圈深深的绳索勒痕。

底井武八看了一眼就看不下去了，直想呕吐。

“就是这个人，肯定是山崎治郎。”

狭窄的房间里虽然很热，底井武八的额头却直冒冷汗。

“那么死者的身份可以完全确认了，非常感谢。当然了，夫人是直接认领尸体的。你作为报社的同事，给你看照片时，一眼就认出来了。可以肯定是他了。对我们来说，确认被害者的身份是非常重要的。这类案子，只要知道了受害者的身份，就等于侦破了一半了。”

警部补从抽屉里拿出一包烟，请底井武八抽，可是底井武八根本没心情。

“那么，我想问一下，你对于山崎遭遇不测的原因有什么看法？”

警部补心情愉快地问道。

“完全没有。”

底井武八用脏手帕擦着汗。

“要是对我们有所隐瞒，可就成问题了。”

警部补喷出了一口烟。

“有的人觉得死者可怜而顾虑重重，不愿把一些情况告诉我们，可是，如果不告诉我们，死者反而得不到安息。你不是每天都和山崎一起工作的吗？”

“是的，每天一起工作。山崎是我的上司。”

“那么，你应该知道很多情况的。我想有些情况连他的太太也未必知道。比如说吧，男女关系方面的事情，等等。怎么样，请协助一下我们吧。”

“我自然一定协助，但是，我想山崎好像没有这方面的事情。”

虽说山崎治郎和玉弥在神乐坂见过面，但绝非男女之交。他之所以被杀，似乎还是和追查冈濑正平有关联。但是此事绝对不能说出来。

“是吗？好吧，那就请你想起来时，再告诉我们吧。”

警部补慢悠悠地说。

“我说一下我们对案件的调查情况吧。我们查看这个箱子是十七日上午十点。箱子上系有寄送的地址。寄出人和收件人是同一个人。名叫吉田三郎。是从田端站寄出，寄往郡山站的。这个箱子是前天，即六月十六日被领取的……”

警部补对底井继续说下去。

“箱子很旧，给人感觉使用的是旅行用的旧箱子。打开后，里面铺着油纸，油纸也没有什么特殊之处。”

“吉田三郎的地址在哪里呢？”

警部补低头看了看手里的资料。

“是东京丰岛区池袋8-508。字写得很难看，估计是用左手写的。当然了，用惯钢笔的人，用毛笔写字也会很差劲。”

“死因是被勒死吗？”

“是的，颈部有很深的勒痕。使用的凶器没有找到，大概是麻绳一类的东西，绕了三圈。”

“死后解剖情况是怎样的？”

“解剖是下午进行的。根据尸体情况判断，死亡时间大约是五十个小时以前。”

“就是说，”底井武八算了算，“是十五日晚上了？”

“是的。只是死后经过五十个小时的话，很难判断准确时间，会有五六个小时的误差。”

“那从寄件人的住址里自然也没有找到人了？”

"是的，没有找到。起初通过警视厅查找的，回答是，查无此人。我这边后来在十八日早晨，派人去了东京，他们发回的报告也证明住址是虚构的。"

"可是，在郡山站不是有人来取行李了吗？站员应该记得那个人的穿着和相貌吧？"

"问题就在这里。"

警部补有些发愁的样子。

"询问了负责取包裹的站员，他也记不清了。因为包裹并没有什么特殊之处，再说，一般也不会对每个取包裹的人都那么注意观察，这也是可以理解的。不过，根据那个站员的模糊记忆，拿着行李牌来取包裹的人，是一个四十二三岁的男人，戴着鸭舌帽，穿着风雨衣。"

"脸部特征呢？"

"这个比较麻烦。因为站员的记忆很模糊，只记得那个人戴着眼镜。"

"取包裹的时间呢？"

"是十六日晚上九点左右。因为有取包裹的记录，应该是准确的。发现箱子是在十七日上午八点，就是说，是在取走箱子后过了十一个小时才发现的。"

"箱子多重？"

"根据邮寄单，是七十二公斤。被害者的体重是六十一公斤。就是说，十余公斤是箱子和装填物的重量。"

"在田端站，这个箱子是由托运员拿进来的吗？"

"是的。不是搬运工。"

"田端站的行李托运员记得托运人的相貌吗？"

"他记得。"

此时警部补的表情显得很纠结，像是很发愁，又像是觉得好笑似的。

“这可真是奇妙。据我们这里派去询问的警员说，托运员描述了半天那个人的模样，却和我们警员脑子里的一个人很相似。这可真是笑话了，他仔细一想，那不就是被害人的相貌吗？”

“啊，这是怎么回事？”

底井武八大为惊讶。

“警员也很吃惊，于是仔细描述了一下被害人的相貌，托运员说，对对，就是那个模样。”

“这是真的吗？”

“的确是那样说的。而且连那个人的衣服，他都记得清楚。‘就是他’‘就是他’，他就是这么说的。”

“那么说，寄出箱子的山崎本人成了箱子里的尸体了？”

“就是这个意思。”警部补扑哧一声笑起来，“总之，就像变戏法似的，田端站托运员的记忆肯定是错的。有时候会遇到这样无厘头的证言，净添乱。当然，人的记忆并非那么准确，也无可厚非。迄今为止，因为目击者的证言，我们多次追踪过错误的嫌疑人呢。而且，田端站的货物非常杂乱。”

“那个箱子是什么时候在田端站办理手续的？”

“是十五日晚上八点三十分。”警部补看着资料说道，“我们去调查了箱子到达郡山站的经过，发现它是晚上九点三十分被装入货车的。然后，在大宫被换到凌晨四点三十分发车的货车上。十六日晚上七点五分到达郡山站的。”

“哈哈，就是说，寄出的包裹是第二天的晚上七点五分到了？”

“是的。来取包裹的人是晚上九点出现的，就是说在郡山站放了两个小时之后。”

“我想问一个不该问的问题，那个穿风衣的取包裹人，应该不是山崎吧？”

警部补哈哈大笑起来。

“这可真是有趣。简直就像鬼故事啊。来取包裹的人，变成了尸体，被发现蜷缩在箱子里。太异想天开了……哈哈哈，你这是被田端站托运员的证词误导了。作为故事情节倒是很惊险，的确很有趣……但是，无法改变的是死亡时间。前面也说过了，解剖的结果，是已经死亡五十个小时，推定凶手大约是在十五日傍晚到夜间这段时间内实施的犯罪。就是说，在郡山站领取包裹的一昼夜之前被害者已经被杀了。被害者不可能变成幽灵来取装有自己尸体的箱子吧。”

底井武八听了警部补的话，也笑了，只觉得后脑一阵打战。

“可是，从山崎尸体解剖结果中，没有新的发现吗？”他换了个问题。

“没有什么发现。”警部补夹着烟，胳膊肘支在桌子上说道，“没有一点外伤，内脏也没有发现创伤或毒药。只是从被害人的胃里提取了未消化的食物，化验结果是咖喱饭。”

“咖喱饭？”

“而且是很便宜的那种，材料也不怎么好。从死者的胃里提取到了咖喱饭和少量的八宝酱菜，这就说明被害者在被害几个小时之前吃了咖喱饭。”

“那咖喱饭是在哪个饭馆吃的，知道吗？”

“这个很难查到啊。这种食物，许多大众餐馆或饮食店都出售。高级的餐馆使用高级材料，容易找到线索，然而，这样的便宜店的咖喱饭就太多了，不好分辨。”

“从消化状态来看，吃了咖喱饭之后，过了多长时间呢？”

“差不多五六个小时吧。”

“五六个小时吗？”

底井武八想到，山崎治郎从洗足池的家里出来时是十五日上午九点二十分。

解剖医生鉴定，被杀害的时间是十五日晚上六点到十二点之间（箱子是晚上八点三十分送到田端站的），那这个咖喱饭就是中午吃的，自然是中午饭。

无论怎样，在便宜餐馆吃饭，很符合山崎治郎的习惯。

“那么，我们是这样想的。”

警部补继续说道，

“这顿饭山崎是独自一个人吃的。就是说，吃饭的时候应该没有跟别人在一起。吃完饭后，他去了某人的家。”

“你是说去了什么人的家？”

“是的。要勒死一个人，还要装进箱子里，在屋外就不如在屋内实施的可能性大。”

“有道理。”

“所以，我想问问你，你事先有没有听说，山崎十五日打算去拜访什么人吗？”

警部补反问道。

“没有听说什么。他一向独断专行，从来不跟下属商量什么的。”

“是这样啊。从山崎十五日上午九点二十分离开自己家，到吃了咖喱饭这段时间，曾经在哪里待过，做了些什么，是警方眼下搜索的中心。我们很想知道这期间山崎的行动，如果有目击者就更好了。目前还没有找到目击者。现在，搜查本部派了两个人去东京，还没有得到有价值的线索。”

“什么时候知道被害人是山崎？”

“刚才我已经说过多次了，由于那个箱子是从东京托运来的，当然推定被害者是居住在东京的人。因此，通过警视厅的协助，迅速调取了离家出走的人的信息，得到反馈是今天中午时分，我们就立刻和山崎的太太取得了联系。”

底井武八觉得现在自己对整个案情已经基本上了解了。

“可以让我去看一看现场吗？”

底井武八这样一请求，警部补马上同意了。因为是与被害者相关的人，而且是特意从东京来的，所以他们也很帮忙，开着警车送他过去。

从郡山开车四十分钟到达现场，在距离叫作五百川的萧索的小站大约五百米远的地方。草丛正如现场照片上看到的那样。在开阔的田地中央有一片树林，草丛在树林里。从车站方向有一条小路经过树林边，通到村子里。

草地上，还散落着几段警察实地勘查时拉起的警戒线的绳子。

底井武八站在这里思考起来。

箱子在郡山站被领取是在十六日晚九点。附近的农民在这里发现箱子，是第二天早上八点。箱子是在十六日晚九点到被发现的第二天早上八点之间，被什么人遗弃在了这里。这一带到了晚上一定黑得伸手不见五指吧。五百川站内虽有灯光，肯定照不到五百米远的地方。从这里只能远远地看见田地那边的农家的灯光闪闪烁烁，这边是黑乎乎一片吧。

底井武八按顺序回想着刚才警部补告诉他的案情，从口袋里掏出笔记本写了下来。

〇六月十五日。晚上八点三十分左右，箱子被送到田端站托运处。

〇同日。晚上九点三十分，箱子通过田端站货车发货。

〇十六日。晚上七点五分，箱子到达郡山站，被卸货。

〇同日。晚上九点，领取人拿着行李牌出现，取走包裹。

〇十七日。上午八点，发现被遗弃在现场的箱子。

○同日。晚上八点，解剖结束。

○十八日。三名郡山刑警去了东京。

○十九日。查明死者身份，警视厅跟报社取得联系，山崎的太太去了郡山。

这些是底井武八趁着还记得清楚的时候，记录下来的。他觉得说不定以后用得着。后来，这个记录果然起了很大的作用。

“非常感谢！”

底井武八对带他去现场的警官表示感谢，然后又回到了郡山警署。

“看了现场？”

警部补很热情。

“正好被害者的夫人来了。你要不要见见？”

“当然，很想见一见。”

“那么，请这边走。”

一位警员领着底井武八来到接待室。

底井武八是第一次见到山崎治郎的夫人，瘦得干瘪瘪的。大概是昨天晚上没有睡好的关系，眼睛红红的，一脸疲惫。

“您是山崎总编的太太吗？我是在山崎手下工作的底井。”他郑重地表示了哀悼。

夫人不太爱说话。不用说，在这种非常情况下，精神上也受到沉重的打击。从她所说的仅有的几句话中可知，她对于山崎被害的内情一无所知。这也不奇怪。

“您是打算将遗体在这里火化后，把骨灰带回去吗？”

“是的。”

解剖已经结束，随时可以火化。底井武八作为报社的代表，站在夫人的角度，帮忙办理了各种手续。

但是，在这期间，警部补说的话总是在底井武八的耳边萦绕不去。就是关于把那个箱子送到田端站托运处的男人的相貌。根据站员回忆，那个人长得和山崎治郎一模一样。

警方对于这个证言付之一笑。这就等于说本人把装有自己尸体的箱子送到托运处，简直是无稽之谈。

尽管警方觉得可笑，底井武八却笑不出来。扛着装有自己尸体的箱子送到田端站的山崎治郎的亡灵般的影像，在底井武八的脑子里挥之不去。

3

山崎治郎究竟是什么时候被杀的呢?

底井武八根据前前后后的情况进行了推算。

首先要从装着尸体的箱子被送到田端站托运处的六月十五日晚上八点三十分算起。

当然，箱子是从哪里送来的不得而知，但是既然尸体是在那之前装进去的，那么杀人应该发生在晚上八点三十分之前。问题是提前了多少时间。

把人杀死后，装进箱子里，再送到托运处……这些程序很花时间吧。

加上杀人的过程，不是三十分钟到一个小时能够完成的事情，至少需要两个小时以上的时间。那么，似乎可以推定，杀人时间是箱子被送到田端站的三个小时之前的下午五点半。

可是，根据法医的解剖判断，死亡时间在五十个小时之前。如果该推断是准确的话，便是十五日下午的六点前后，这个时间与以上的推定在时间上是吻合的。

经过五十个小时的尸体，会有六七个小时的误差，这就比较麻烦了，但是底井武八推定的时间和法医解剖后判断的时间是完全吻合的。

下一个问题就是山崎被杀的场所问题。从他胃里已经消化的咖喱饭来看，也与其死亡时间大致吻合。就是说，下午五点半左右时，午饭已经消化得差不多了。这说明山崎此时还没有吃晚饭。山崎治郎被杀死的时候可能感觉肚子饿了吧。

可是，山崎肚子饿了，却还没有吃晚饭，由此可以想象他是处于被监控的状态中。也就是说，山崎被拘禁在某个房子里，所以才会肚子饿了也没有吃饭。

关于这个问题，警方调查了箱子被送来时的情况。

据调查，在田端站的货物托运处办理托运手续时，箱子是一个人送来的。

可是那个箱子重七十二公斤，一个人根本拿不动，所以不可能是一个人送来的。至少需要两个人以上，一个人搬运箱子是不可想象的。

警方觉得这个问题很重要，便进行了以下的调查：

① 箱子是通过出租车或其他运输工具送到田端站来的。

② 箱子是放在两轮车之类的车上，送到田端站来的。

③ 箱子是用上述方法之一提前送来的，比如先存到货物暂存处等。

④ 箱子送到田端站后，有可能是请小红帽或什么人帮忙，送到托运处的。

警方调查的结果是：

① 的情况，没有找到证据。经过查访，东京都内的出租车司机没有人声称搭乘过这样的客人。

② 主要走访了车站附近的目击者，但没有获得有力的证据。

③ 对货物暂存处进行了调查，当天没有人存放过那样的箱子，也没有人存放过类似的箱子。

④ 对小红帽进行了排查，也没有人帮忙把那样的箱子送到托运处。

且不说小红帽或是货物暂存处的证言，其他查访也不足为凭，因为还要考虑到没有被人看到的可能性。

关键的问题是，搞不清楚那个箱子是通过什么样的方式被送到田端站来的，但可以肯定决不是一个人扛来的。

由此猜想，犯罪现场恐怕离车站不太远。这样就不必动用汽车或是出租车了。在田端站一带，也有具备实施此类犯罪活动条件的场所。

警视厅派出协查刑警，对田端一带进行了走访，也没有什么发现。

不过，警方最不明白的是，山崎治郎是因为什么被杀的。从常识考虑，首先会想到仇杀或情杀，可是，这些方面都没有收获。

最了解内情的是底井武八，但是他一直没有告诉警方。并非他不协助办案，而是他想以自己的方式去追查凶手。追查山崎治郎的案子，必然会指向冈濑正平的杀人案件。因为这两件杀人案是联系在一起的，可是警方没有注意到这条线索。

唯一的物证就是那个箱子，以及上面带着的行李牌。

“东北本线郡山站 吉田三郎收”的收货地址和“本人取货”是用毛笔字写的，警方一致认为是嫌疑人为了混淆视听，故意用左手写字，字迹难看得一塌糊涂。箱子也非常破旧，没有任何特别之处。

山崎治郎被害案在 R 报上成了炙手可热的大新闻。

不用说，此次杀人事件在其他报纸上也登载了，但是，山崎是 R 报的总编，该报最为卖力也顺理成章。此事顿时引发爆棚人气，使得该晚报前所未有地热卖。

死去的山崎治郎，原本摩拳擦掌，打算用冈濑正平贪污公款事件大肆炒作，没想到自己竟然离奇地成了被炒作的主角了。

R 报有关山崎被害案的报道主要由底井武八来撰写。一方面因为他去了现场，掌握第一手材料，二是因为此前他一直在执行山崎的命令，所以编辑部认为他最了解情况。

底井武八一天到晚写稿子。两天的报纸版面几乎都被他的报道占据了。不过，他回避了那个关键点。这一点他仍然想要自己去搞清楚。

谜团依然集中在山崎十五日上午九点二十分从家里出来后的去向。警方也完全没有掌握。

R 报社发出悬赏，从山崎十五日上午九点二十分离开家后，到十七日早上被害，如有人知道其生前行踪并告知报社，将予以重谢。如果有人认识嫌疑人，以绝对为通报者保守秘密为前提，也会予以重奖。

虽然 R 报社的悬赏金额并没有多少，但这个噱头却给报纸带来了很大的反响。

但是，与报社的期望相反，并没有收到什么有价值的来信。至于那些说认识嫌疑人的来信，除了很明显的恶作剧之外，一封也没有。

关于山崎从家里出来后的去向，也没有目击者。

只有来信报告长得很相似的人搭乘其出租车去了涩谷，或是在电车上看到过类似的人，等等，但这些都找不到详细的佐证。

就在悬赏登出后的第三天，一张明信片寄到了报社。

“看到贵报刊登的山崎总编的照片，我想起了一个人，跟他的特征很相似。他在我工作的店里吃过晚饭。我记得时间是十五日晚上八点。那个人要的是咖喱饭。他是我负责的客人。看到照片，觉得太像了，所以写信告知。”

寄信地址是“田端站前食堂幸亭 宫前绫子”。

报社的编辑部因这张明信片而沸腾了。

关键是田端站前食堂这个地点。装有山崎治郎的箱子是通过田端站寄出的，所以，这个场所与此案有着紧密的联系。

只不过，由于报纸上有过相关报道，所以，看到山崎治郎在食堂吃咖喱饭的来信很多。但是，那些食堂都位于距离该车站很远的地方。其中也有很多来信明显是恶作剧。

但是像这封信这样，明确说明地点在田端站，本人是在食堂干活的女服务员，可信度就很高了。

由于山崎治郎死了，总编一职就由现任主编伊东秀夫接任。

伊东总编命令底井武八立即去田端站前食堂确认该来信。

明信片上的幸亭是个规模比较大的食堂。陈列窗里排列着各种各样精致的蜡制料理样品，底井武八看到小判[1]形容器中盛得冒尖的米饭上浇的咖喱，愈加相信山崎会在这里吃饭了。

底井武八给经理递了名片，说明来意，希望见见宫前绫子。

一位头上裹着白头巾的女服务员，面带羞涩地出现在底井武八面前。宫前绫子是一位很有活力的十七八岁的少女。

底井武八给她看了看明信片。

“是你给我们写的信吧？”

“是的。”她瞄了一眼明信片，不好意思地低下了头。

“谢谢你。”底井武八先表示了感谢。

经理好心地给他们提供了最里面的员工休息室。

他们谈话时，从后厨不断传来锅碗瓢盆的碰撞声和大声报菜名的声音。

1　小判，日本江户时期通用的一种金币，椭圆形。

“那个人是十五日晚上八点左右来店里的，坐的是我负责的十六号桌子。他的模样和报纸上的照片很相似。因为十四日我休息，所以对十五日印象很深。那个客人看到有个空位，就马上坐下来，大声招呼正好走过他身边的我，递给我餐券。由于厨房很忙，菜上得很慢，我记得他催过一次。他吃完咖喱饭，也没有抽烟，马上就站起来走了。”

“那个客人是一个人来的吗？”

底井武八开始了询问。

“是一个人。”

宫前绫子已经显得自然多了，声音虽小，却很清晰。

“有没有其他什么人和他一起来呢？”

“没有其他人一起。”

“看他样子是不是在等什么人？”

“不像等人的样子。吃了饭，立刻就走了。”

“穿的什么衣服呢？”

“我记得穿的是西服，但是具体什么样子就记不清了。因为店里很忙，没有注意到细节。”

“也是。他带了旅行箱什么的没有？”

“这个也没有注意……等一下，”宫前绫子歪着头思考了一下，“这么说的话，他脚边好像放着一个什么小行李似的。由于店里人多，没有空椅子，所以客人都把东西放在椅子旁边或是脚边。所以我有印象，不过，记不清楚了。”

“八点左右，没有错吧？”

“没错，八点到八点半左右。”

“那个客人有什么可疑的地方吗？”

“因为太忙了，没有注意他，好像没有特别可疑的地方。”

“你刚才说他中途催过一次？”

“是的。”

“他是怎么说的？”

“我去接待别的客人时，他在旁边叫住我，说：‘喂，怎么还没好呀，没时间了，快一点！’好像是这么说的。”

“他确实说的是‘没时间了’吗？”

“是的。”宫前绫子点了点头，然后补充道，“不过，客人们一般都会这么说。他们以为这么一说，就会快一些上菜呢。”

“那么，那个人在食堂里待了多长时间？”

“他吃饭也就用了十分钟吧，由于上菜晚了一点，所以加起来一共三十分钟左右吧。”

底井武八最后对宫前绫子说，回头有什么问题，还会来找她，到时候请多关照。今天就此告辞。

“如果那个人的确是山崎总编的话，报社会表示感谢的。”

宫前绫子听了高兴地羞红了脸。

是的，这个人是不是山崎治郎还不知道。如果是山崎治郎的话，时间上有些出入。

装有山崎尸体的箱子是晚上八点三十分送到田端站货物托运处的。

如果进入食堂幸亭的客人是山崎的话，他在晚上八点到八点半左右吃了咖喱饭。可是，紧接着八点三十分，装有他的尸体的箱子在田端站货物托运处办理手续，因此宫前绫子的证词就在时间上不对头。

警方认为，山崎治郎的死亡时间，大约在当天的傍晚六点。因此他是不可能八点左右出现在食堂的。

底井武八给搜查本部打电话，汇报了食堂女服务员的证言。

“肯定认错人了。”警部补嗤之以鼻。

“这不是太荒唐了吗？如果是晚上八点吃的咖喱饭，解剖时不可能消化得那么干净。那种状态，至少餐后经过五六个小时了。还有，假设是晚上八点三十分吃完饭，就等于是在那天晚上十一点到十二点之间被杀的。这也太离谱了吧。因为他的尸体已经于晚上八点三十分被装进箱子送到车站托运处了呀。”

说得没错。

恐怕是食堂的女服务员看错人了吧。因为去食堂吃饭的什么人都有，其中有人长得像山崎治郎也不奇怪。很有可能是女服务员看错人了。

可是，底井武八对于宫前绫子说的话，却不能像臼田警部补那样不屑一顾。

这是因为他联想到了托运处站员的证词。警方对此也是一笑置之，说是送箱子来的人长得和山崎治郎特别像这一点。

不用说，如果那个人是山崎，就没有比这更荒唐无稽的了。自己送箱子来，之后变成尸体进入箱子里，当鬼故事听另当别论，作为事实根本不能成立。

可是，倘若那个人就是山崎呢？

底井武八思考着。

假设晚上八点进入幸亭的山崎治郎，花了三十分钟吃完咖喱饭后，立刻拿着箱子去了货物托运处，时间上就非常吻合了。

第五章　马主和驯马师

1

底井武八觉得，要查清山崎治郎的行动轨迹，必须再次返回到府中赛马场的驯马师西田孙吉那条线索去。

山崎治郎死前去找西田孙吉了。可是听玉弥说，那时候，西田和马主立山寅平前议员去了大阪，不在东京。

山崎治郎果真没有见到西田孙吉吗？说不定后来山崎治郎见到了回到东京后的西田呢。

底井武八必须再去一趟府中的赛马场。

马厩里空荡荡的。

“有人吗？”

他走进马房旁边的厩务员宿舍，楼梯很简陋，除了马踢着挡板的声音外，没有听到有人说话。

“请问，有人在吗？”

底井武八冲着二楼喊道。

过了一会儿，从二楼楼上露出半张脸来。

“是哪位？”对方在楼梯上问。

“我是报社的记者。”

“报社？”

终于有一个四十岁左右的男人走下了楼梯，穿着脏兮兮的马裤。

“什么事？”

他在楼梯上停下来，打量着底井武八。

二楼楼上隐约有人说话，估计是在玩牌。

“西田先生在吗？”

底井武八故意轻松地打听。

“不在，先生现在去福岛的赛马场了。你找他有什么事？”

他的态度不太客气。

“有点事情想了解一下……末吉在吗？”

“末吉也去福岛了。这里的马都去那边了，基本上都不在。我们是看家的。”

“你也是马厩的人吗？”

“是啊。”

“西田先生大概什么时候从大阪回来的呢？”

“这个月的十三日……喂，是吧？”

那个男人回头冲着二楼问。二楼上有人回应了一句“是的”。他们见不是警察，好像也安心了似的。

十三日，是山崎治郎失踪之前的两天。

这两天内，说不定山崎治郎跟西田孙吉见了面。

“我是R报社的记者。我们报社的一个叫山崎治郎的人，来找过西田先生吗？”

“没有印象。”

“十三日回来的西田先生，一直在马厩吗？”

“白天一直都在，看马运动或是驯马。不过，晚上几乎都不在。”

“是这样啊。晚上不在的意思是？”

“为了备战福岛赛马，他常常去跟马主见面。”

“马主之中，也包括立山前议员吧？”

“我家老板经常去见立山先生。立山先生有两匹马准备去福岛，所以老板去跟他商量什么事吧。”

“西田先生去福岛是什么时候呢？”

“我记得好像是十六日。”

十六日即是山崎治郎去向不明那天的翌日，装有他尸体的箱子被发现之日的前一天。

底井武八注意到了十六日这个日期。那天晚上九点，从郡山站装有他尸体的箱子被人取走。

“十六日这个日期，你没有记错吧？”

“老板是十三日回来的，只在这里待了三天，不会有错的。是吧，喂……”

他又回头冲着二楼问。二楼上有人回应了一句，但底井武八听不到。

“好像没有错。”

中年厩务员回过头来，瞧着底井武八说。

“刚才上面的人也是这么说的。老板说，他要和立山先生在秋田见面，回来的时候顺便去福岛。立山先生出发去秋田是十五日晚上，所以，我家老板肯定是十六日去的。”

“立山先生是十五日去的秋田吗？”

十五日这个日期又刺激了底井武八的耳朵。

“你提到秋田，在秋田也有赛马吗？”

“秋田没有赛马。如果是盛冈或是青森的话，有牧场。”

“是吗？”底井武八思忖着。

“那么，马是比西田先生先去福岛的吗？”

“是的。开赛日之前的一周或十天，这边就开始运送赛马了。”

“末吉也跟着马去了吗？”

“是啊是啊。不光是末吉，其他厩务员也都带着马去了。都是很贵重的畜生啊。”

中年厩务员露出了厌烦的神色，好像二楼的人正等着他尽快上去呢。

“谢谢了！”

底井武八嘴里念叨着立山寅平十五日、西田孙吉十六日，走出了马厩。

他说西田十三日从大阪回来，每天都去马主那儿，不用问，自然是和立山前议员见面最多吧。

底井武八在回家的电车上思考起来。沿途绿色稻田的风，从敞开的车窗刮了进来。

——西田孙吉或许是以去见马主立山寅平为借口，去找玉弥了吧？

大概是去她的公寓，或是外面的旅馆，或是神乐坂的那个宫永吧。可是，这是人家的隐私，即便问玉弥，她也不会如实回答的。

这个暂且不管，立山前议员为什么要去秋田呢？底井武八注意到了他是十五日去的。

底井武八跟立山前议员说不上话。不过，新闻记者的优势就体现在这种时候。R报社虽说是三流晚报，但政治家们对报纸都很发怵。

底井武八在电话簿上查到了立山寅平的事务所，地址是“东京都中央区日本桥3-486 宝国大厦”。

打电话过去，一个自称是秘书的人接了电话。

“先生在吗？我这边是R报的社会部。”底井武八一副例行公事的口吻。

“请问您有什么事吗？”

“我们报纸正在策划一个‘政界群像’栏目，务必请先生加入。虽然也听说了一些，还是想请先生谈一谈自己的故事。”

“很遗憾啊。”秘书回答，“先生正好去旅行了，不在东京。”

“去得很远吗？”

“是的，去东北地区的一些地方。”

“什么时候回来呢？”

“大概还得四五天吧。”

“这可难办了啊。”底井武八叹了口气。

“是这样，这件事很急，等不到先生回来……怎么办呢，先生要是不在的话，可否采访一下事务所的人？”

“当然可以了。如果我可以的话，没有问题。”

“对不起，您贵姓？”

“我姓桑原。”

“好的，我马上就到。”

底井武八抬头仰望大厦，只见在三楼的窗户上，挂着“立山寅平事务所”的招牌，那几个烫金大字，在骄阳下亮得耀眼。

上了三楼一看，这个事务所是里外间连通的。

接待的女孩子拿着底井武八的名片，把他请进了用屏风隔开的接待室模样的房间里。虽说是三楼，但里面如同地下室一般闷热，电风扇倦怠地旋转着。因为是廉价写字楼，没有安装空调设备。

那位姓桑原的秘书，三十四五岁，很做作的样子，戴着一副无框眼镜，鼻子下面蓄着一撮胡须。

一看就是典型的政治家的秘书派头，从他的举止上也明显地表现了出来。这类家伙，每当国会开会时，想必都是昂首阔步地走在铺着绯红色地毯的议院走廊上吧。

“您想了解哪方面的内容呢？”

桑原端着肩膀，坐在椅子上。

“尽管也听说了一些有关先生的传闻，但是，只根据那些传闻恐怕会有出入，而且也会产生误解。所以，我今天来，如果本人不在的话，想请代言人谈一谈。我提问，请您针对问题给予回答。”

“明白了。”

前议员为了备战下次竞选，时刻不忘宣传自己。即便是这么一家渺小的晚报，秘书也很热情地接待。他那薄薄的舌头舔了舔嘴唇，滔滔不绝地谈起来。

他讲的内容愚不可及。自始至终几乎都是立山寅平的PR[1]。但是底井武八依然耐心地听着。假装在记笔记，其实什么也没有写。

这些不过是为了下面自己要问的问题而投下的诱饵。

“哎呀，您介绍得太清楚了。”

终于听完了无聊至极的二十分钟介绍，底井武八轻轻地低头致谢。

“多亏了您，资料丰富了很多……不过，没有见到立山先生，还是很遗憾啊。”

“是啊。我们自然是希望先生亲口告诉你们。不过，我刚才讲的，基本上和先生想要告诉你们的是一样的。”

“那是当然了。您辛苦了！听说先生去秋田旅行了……”

“是啊。党支部大会在那里召开，先生出席会议去了。”

“这么热的天气，真是辛苦了。什么时候出发的？”

---

1 PR，是英文 Public Relations 的缩写，即“公关”之意。

“十五日。从上野坐快车‘津轻号’去的。”

这个信息和底井武八从西田马厩的厩务员口中已经听说的一样。

“先生直接从秋田回东京吗？”

“不是。如果只是开会，回京会早一些……不过，秋田回来时要顺路去福岛。”

“去福岛？”

小胡子秘书露出了微笑，漂亮的金牙闪闪发光。

“您大概有所耳闻吧，我们的老先生喜欢赛马啊，有四匹好马呢。福岛赛马，去了其中的两匹，所以他去助阵了。”

“那两匹马，是寄养在西田马厩的吗？”

“嗬，你还真是了解得很详细啊。没错。”

“哪里。有关立山先生的情况，我们进行了很多调查。实际上，为了了解作为马主的立山先生，我还专门去了西田马厩。结果，西田先生也去了福岛，听马厩的人说，西田先生还去了秋田，跟立山先生见了面呢。”

“是吗，这个我倒是不知道。”

秘书的表情显得有些不高兴，大概是因为报社记者连这些私人爱好都了解得一清二楚吧。

“如果马厩的人那么说，应该不会错的。我想，西田先生大概是去秋田见先生，商谈赛马的事吧，因为赛马今天又开始了。”

今天，是六月二十七日。

福岛赛马日还有四天，即六月二十七日（周六）、六月二十八日（周日）、七月四日（周六）、七月五日（周日）。

“西田先生也是很热情的人，先生喜欢马，所以这类商谈，即便是去秋田也很正常。马主与驯马师的关系，平常就像走亲戚似的，很密切的。”

“那一定是很亲近了？”

“不知是不是可以说亲近。总之，是以马为中心而产生的人情交往吧。这些不单单是金钱的问题。”

“立山先生的爱好只是赛马吗？”

“爱好嘛，大概有赛马、读书、旅行吧。”

除了马之外，秘书的回答都很一般。

“那么，先生是在赛马日最后一天的下月五日回来吗？”

“不是的，可没有那么悠闲。先生忙得简直是分身无术啊。计划是明天助阵之后，在那边的温泉休息两天，再回东京。”

底井武八没有什么可问的了，便道了谢，走出了宝国大厦。

底井武八沿着炙热的马路走进了一家咖啡店，买了个冰激凌吃起来。

——立山前议员和西田孙吉去秋田的原因，通过秘书的说明已经清楚了。就是说西山在秋田与马主立山前议员商谈之后，从秋田回到了福岛，立山前议员是观看了第一天的比赛之后去了福岛。

可是，底井武八一直有个疑问。

山崎的尸体被寄送到东北本线，遗弃在郡山、福岛之间。这一犯罪行为说明东北地方具有重要的意义。

冈濑正平被杀也是在离福岛不远的饭坂温泉附近，是他的先人和母亲的墓地所在地。追查冈濑正平藏匿赃款的山崎治郎的尸体，也同样被从东京寄送到了福岛附近，这似乎并非偶然。尽管各人去的目的不同，但立山寅平和西田都分别前往东北。

十五日这个日期，作为山崎治郎失踪之日，底井武八一直很在意，而这次立山前议员的列车时刻表再次引起了他的注意。

底井武八招呼店里的女服务员，问她这里有没有列车时刻表。女服务员找来一张翻得很破的时刻表。

底井武八翻到了东北本线上野起始站那页。

他看到快车“津轻号”的确是晚上九点四十分从上野发车的。

那么这趟列车就是翌日凌晨二点二十一分到达福岛，然后换乘奥羽线绕行，到达秋田是早上八点五十分。

就是说，立山前议员是十六日早上八点五十分到达秋田，出席该党支部大会的，而西田孙吉是十六日离开东京，追上了先到达秋田的立山寅平。

底井武八支着下巴沉思。

他脑子里还回响着那个托运处站员说的话——是一个貌似山崎治郎的人，把箱子送到田端站来的。

而且晚上八点左右，在田端站的站前食堂幸亭，有个女服务员证明看到过一个长得很像山崎治郎的人吃了咖喱饭。

东北本线 { 晚上九点四十分（快车“津轻号”）
晚上十一点三十分（准快车“岩代号”）

常 磐 线 { 晚上十点五分（快车“岩手号”）
晚上十一点（准快车“奥入濑号”）

看了这个时刻表，底井武八心里一惊。

那个男人提着箱子出现在托运处是十五日晚上八点三十分，可是，看这个时刻表，快车“津轻号”是一个小时后的九点四十分发车的。

“津轻号”是立山寅平前议员去秋田的列车。

难道这是偶然吗？——不，不，不像。时间上的顺序也太吻合了。

那个人八点出现在田端站站前的食堂幸亭，吃了咖喱饭，三十分后把箱子送到了货物托运处，然后，登上了一个小时后从上野发车的“津轻号”——这么一想，非常顺理成章。

但是，底井武八不认为那个人是立山前议员。他与托运处站员描述的相貌不同。前议员怎么可能将七十二公斤重的箱子送到托运处去呢？无论如何也不会的。

那么，那个人也上了立山前议员乘坐的“津轻号”吗？

以这个疑问为中心，底井武八思考起来。“津轻号”是翌日到达郡山站的，即十六日凌晨一点二十九分，正是深夜。可是，那个箱子，是在郡山站，十六日二十一点，也就是晚上九点被取走的。

如果那个人乘坐快车“津轻号”，在郡山站取走了自己送来的那个箱子，那么他天未亮时在郡山站下车，晚上九点之前在市内的某处休息。

底井武八总感觉不太自然。只不过，这种情况一般只限于单独犯罪的场合，有同谋的话，自然不一样了。

如果乘坐下一趟晚上十一点三十分发车的准快车“岩代号”，到达郡山站是十六日凌晨三点四十二分，因此，不合情理之处与“津轻号”相同。

那么，常磐线呢？

底井武八看了这个时刻表，没有丝毫问题。就是说无论是晚上十点五分的快车“岩手号”，还是晚上十一点的准快车“奥入濑号”，都是半夜到达车站的。如果由此去郡山的话，就必须换乘磐越东线，而这条线的首发是早上六点二十三分，即便乘坐了这趟列车，到达郡山站是八点五十六分，没有任何意义。

可见问题还是在于，立山前议员乘坐的晚上九点四十分发车的快车“津轻号”。

另一方面，箱子于翌日晚上七点五分到达郡山站，这是底井武八在郡山警察署了解到的。

如果托运箱子的男人和在郡山站来取箱子的是同一个人的话，他来郡山站取箱子是晚上九点，因此可以推测那个箱子当时已到达车站了。

如果是这样的话，那个人不会特意乘坐十五日的“津轻号”，因为那样的话到达郡山站的时间太早了。

不过，单纯为了取箱子的话，那个人可以坐十六日的时间合适的车次，时刻表上有上野发车的下午四点三十分的准快车“怀念号”，晚上八点二十五分到达，因此，与取箱子的晚上九点正好吻合。

不过底井武八注意到十五日的“津轻号”，并非只是因为山崎治郎乘坐了那趟车。

底井武八仍然有着打破这一切推测的感觉。

那就是说托运那个箱子的人很像山崎治郎的站员的证词。

虽然警方一笑置之，但底井武八却对此很执着。如果托运行李的站员眼睛没有问题的话，那么送行李去的人就成了箱子里的尸体的山崎治郎本人。

问题是，山崎是在哪里被杀死然后放入箱子里的？

这里就涉及了箱子的重量问题。搜查本部已经查证了托运的时候是七十二公斤，发现时也是同样的重量。如果山崎治郎的尸体是中途进入箱子里的，在田端站托运时的七十二公斤货物就不是尸体，而是其他东西了。只能说明箱子是装填了同样重量的其他物品。

那么，里面的东西是什么时候被置换的呢？活着的人出现在田端站，之后在运输途中成为死人被换进箱子里，倘若是这样，实在令人难以想象。

2

底井武八给田端站的站员打了电话。

田端站是货运专线的始发站。

“百忙之中，打扰了。东北线货车到达郡山站之前的中途停车站是哪里？”

“停车站因车而异，就像客车那样，有各种不同的车次。”接电话的站员回答道。

“是吗？那么大约在各站停多长时间呢？”

“这个嘛，也是因车而异。有时候大站也不停，有时候也有停车一个小时以上的。”

“那么，货车里是否有相关人员一直跟车整理行李呢？”

“没有，都不跟车，货车乘务员根据送货清单指挥装车。”

“谢谢你！”

如此看来，在中途把那个箱子里的货物替换成尸体是不可能的了？倘若整个列车的乘务员都是同谋的话，另当别论，但那是完全不可能的事。

不，退一万步说，即便那是可能的，就等于说山崎治郎托运了行李之后，自己再追赶上那趟列车，变成尸体进入箱子里？不管山崎是在哪个车站完成替换的，山崎（或者说是他的尸体）都必须赶上十六日四点三十分从大宫发出的货车才行。

等一等。

底井武八注意到，这个箱子从田端运到大宫，直到十六日四点三十分发车之前，箱子一直停留在大宫。

这就是说，那个箱子十五日在大宫停留了一整夜。

那么，罪犯是偷偷进入放箱子的仓库，找出那个箱子，将在某处杀死的山崎治郎的尸体运进仓库，然后放进去的了？

偷偷进入放箱子的仓库姑且不论，山崎治郎的尸体又是通过什么办法从别处运来的呢？而且，有可能在乘警的眼皮子底下替换箱子里的货物吗？再说了，即便可以替换，替换出来的原先那六十一公斤的装填物，也能够神不知鬼不觉地运送到站外去吗？

对这三个问题的回答都是否定的。看样子这条路是根本行不通的。

底井武八以山崎治郎自己把行李送到车站为思考的起点，对各种可能性进行了分析，得出的结论都不成立。

在这一点上，搜查本部倒是很不以为然。他们认为送箱子来的是另一个人，完全否定托运箱子的人很像山崎治郎的站员的证词。所以，底井武八只能自己独立思考。

搜查本部后来似乎也没有什么明显的进展，一直没有跟底井武八联系。

底井武八于六月三十日早上从上野出发去了福岛。到达时已过中午。

他在站前打车直奔赛马场。

福岛赛马场在市内。前天结束了第六天的比赛,从今天开始休息五天。但是，赛马场前面依然旌旗招展，尽管没有观众，还是很有气势。

底井武八是来找在福岛的西田驯马师的。迄今为止，他还没有见过西田孙吉呢。追踪山崎这条线，无论如何也得会会这位著名的驯马师。

在赛马场里，他跟人打听西田马厩在哪里，一位年轻的厩务员告诉他在五号马厩，位于一长排马厩的最边上。

底井武八朝着涂蓝色油漆的马厩走去。果然是开赛期间，人很多。驯马师、骑手、厩务员都在。马主打扮的人、新闻记者，以及预测师模样的神秘莫测的男人们四处徘徊着，随处可见。到处都有人在遛马，在马场上有五六匹马在跑。观看驯马的人群左一堆右一堆的。

底井武八来到了五号马厩。

无论哪个赛马场，马厩都是一样的。

“有人吗？”底井武八从马厩外面往里窥探。

里面空荡荡的，连马也没有。听说西田孙吉带了两匹马来参加福岛赛马，现在不在马厩里的话，可能是去看骑手驯马了吧。

听到他的声音，一个二十岁左右的年轻人抱着饲料桶，从昏暗的马厩里出来了。

“您有事吗？”年轻男人穿着衬衫、短裤，看样子像是见习骑手。

“西田先生在吗？”

“请问您是哪位？”年轻男人问道。

“东京 R 报社的。”

“是吗？也是为了写赛马报道来的？”

“是的。可以这么说吧……我想见见西田先生。”

“先生不在。”

“是不是出门了？”

“大概在马场上吧？刚才好像去看骑手驯马了。”

“那我去那边看看吧……立山先生还在这边吗？”

“立山先生前天晚上就回东京了。”

“是吗？看完比赛就回去了吧。我明白了。谢谢。”

底井武八正要迈步，又想起什么，回头问道：

“末吉应该也来了吧？”

“是的，来了，估计现在也在马场呢。”

“谢谢了。”

今天也是烈日当头，火辣辣的阳光照得马场上的沙地白晃晃的，只见三匹黑马各自跑着。

底井武八走近站在栅栏旁边的五六个男人。他们专心地看着马在奔跑，有的人掐着跑表，有的人手里拿着笔记本。

底井武八没有见过西田，不知道他长什么样子。

“对不起，请问哪位是西田先生？”他向大家问道。

“他不在这儿。”

一个预测师模样的戴着脏贝雷帽的人冷淡地回答。其他人也是一副事不关己的样子。他们此时更关注的是现在正在奔跑的马。

“速度不错啊。”一个人说道。

“日出杯已经差不多了。不愧是西田啊。”

“三十七点二秒。”掐着跑表的男人说道。

“这要看是什么马了。如果有跑得快的马追赶，就能跑出速度来。”

底井武八听到“西田的马”，便站住了。

他看到那几匹马一起往回走了。

“日出杯的马主是立山寅平吧。前天，我看见他在看台上。”

“对那匹马，立山和西田都很上心，打算靠它夺取秋田的菊花奖呢。”

“可是听说送到这儿来的路上得病了。现在看来一点也不像得过病的样子。”

“是吗？得什么病了？”

“据说怀疑是犬瘟热。厩务员很担心，到处找兽医，紧张得不得了，不过看现在的样子已经完全好了。”

训练之后的马，在阳光耀眼的马场上慢慢地走着，骑手不时拍拍它的脖子。

那匹马的前面也聚着三四个人。底井武八预感到其中有一人是西田孙吉，便朝他们走过去。

走近后一看，刚才的骑手也下了马，跟两三个人在说话。

其中一个人四十二三岁，身材高大，底井武八觉得他可能就是西田。

但是不能马上叫他，因为西田正在跟人谈着什么事。

底井武八忽然看见一个厩务员从后面走过来。因强烈的阳光照射，帽子下面的脸黑黝黝的，一看身体特征就知道是末吉。

“你好啊，末吉。”

底井武八跟他打招呼。

末吉放慢了脚步，惊讶地望着他，很快认出他是在府中时来采访的记者，立刻露出雪白的牙齿笑着说道。

“啊，你好。”

“天气这么热，真是辛苦了。”

底井武八很热情地寒暄。

“哪里……你才辛苦呢。特意来这边采访的吗？”

“我喜欢赛马。有别的采访来仙台，回去时想顺便来看看。”

“前天的比赛，你看了吗？”

“很遗憾，我刚刚到这边。因为工作的关系。”

“对了，你想见我家老板吧？他就在那儿呢。你跟他见过了？”

末吉问道。

“是啊，好像在谈话，所以没好意思打扰。”

“没事，都是自己人。要不然我帮你说一下？”

“谢谢。不过，再等一会儿吧……末吉，你负责照顾那匹日出杯吗？”

“是的。”

“刚才听他们在议论，说它状态很好呢。”

“还难说啊。”

“听说在路上怀疑得了犬瘟热，这么说已经没事了？”

“托你的福啊。”末吉重新戴了一下帽子，“找兽医看过了，总算有惊无险。前天刚好，所以没有让它参加比赛，让它多养一养。不过，下个月的比赛，我家老板打算让日出杯也参赛呢。”

3

西田和其他人的谈话好像结束了。

牵着日出杯缰绳的骑手也从四五个人身边走开了。

“失陪一下。”

看到此景，年轻的厩务员末吉慌忙地对底井武八说了句，朝着马那边小跑着过去了。他从骑手手里接过缰绳，牵着马穿过马场朝着马厩走去。天鹅绒般的马背在六月的阳光下熠熠生辉。

底井武八此时迎着西田孙吉走过去。

“您是西田先生吧？”

西田孙吉从帽檐下面打量着底井武八的脸。

“是啊，我是西田。”

不愧是著名的驯马师，果然派头十足。宽阔的两个肩膀之间架着粗脖子。

听说西田四十二三岁，但看上去比实际年龄显得皱纹多一些。

“这是我的名片。”底井武八递上了名片。

西田孙吉像很有人气的买卖人那样，很恭敬地接过名片看起来，但好像有些眼花似的，眯着眼睛看上面的字。

名片上有报社的名字。西田如果见过山崎总编的话，对报社的名字应该有印象。底井武八观察着他的表情，没有发现异常。判断不出来他是知道，还是不知道，还是装作不知道。

“你是从东京特意过来的吗？”

西田孙吉问了和末吉一样的问题。

“是的。”

“那可辛苦了。还是采访马吗？”

“不是，今天来是想了解点别的事。”

“不是有关马的事吗？”

西田露出异样的表情，好像有些意外的样子。

“那么，你想了解什么呢？”

阳光炙烤着地面，沙地反射着阳光，更加炎热了。

“这么站着太热，边走边聊吧。”

西田孙吉迈开了脚步。

“我的问题可能有点怪。”底井武八和他肩并肩走起来。

“西田先生认识我们报社的山崎总编吗？”

“山崎？”他反问道，同时思索着，“没有印象啊。他是个什么样的人啊？”

“好像不久前，他在府中访问过西田先生。因为他离开报社时曾经这么说过。”

“什么时候呢？”

“最近的事，也就是一个月以前吧。”

“啊，那大概是我去大阪的时候吧，不在府中。”

“您是听看家的人告诉您的吗？”

“那倒不是。我今天刚知道，我只是想告诉你，如果是上个月的前半个月的话，那时候我不在府中。”

西田孙吉这么说着，露出了很纳闷的表情。

“那位山崎先生怎么了？”

底井武八觉得西田孙吉好像没有说实话。箱子杀人事件登载在东京的报纸上，地方报纸不可能没有报道的。一般来说东京发生的大事件，地方报纸往往会更加详细地进行报道。

不过，西田的傲慢表情并没有明显的变化。底井武八打算把有关山崎被害之事往后推一推再说。

“我以为西田先生跟我们总编见过面呢。原来没有见过啊。”

“是啊，我一点印象也没有。到底山崎先生找我有什么事呢？”

“我想我们总编找您是想了解有关冈濑正平的事。”

“你是说冈濑正平吗？”

“你知道他吧？就是那个贪污公款事件的主角啊，在这附近的饭坂温泉被害的人。”

“此人的名字听说过。”

西田点点头。

“因为贪污公款事件很有名啊，而且他又是那样死的，印象就更深了……那么，调查冈濑事件的贵社的山崎先生为什么来采访我呢？”

“这是因为他觉得西田先生应该认识冈濑正平。”

“我认识他？”

西田一脸茫然，此时第一次现出吃惊的表情。

“这不是开玩笑吗？我只是听说过这个人的名字，和这个人没有任何交往。”

“真的吗？”

底井武八不禁问道。这是不可能的，只能说明西田在装傻。

“我不说假话。”西田孙吉回答。

“不过，我知道冈濑这个人常常来我的马厩。”

“果然知道啊。”

“请不要误会。他不是来找我的，是找厩务员末吉的。他来得很勤呢。不过那是很久以前的事了，还是他出事以前呢。”

两个人慢慢地朝马厩走去。

四五个人从后面超了过去，也都是从事赛马相关工作的人，掺杂着很多术语，大声地聊着赛马的话题。

“那时候冈濑为了什么事来找末吉呢？”

底井武八一边走一边追问西田孙吉。

“是关于赛马呀，来问赛马的信息。”

西田因为阳光刺眼，眯着眼睛回答。

“我不清楚他是怎么和末吉认识的，每当赛马一开赛，冈濑好像就频繁地来找末吉。冈濑为人豪爽，作为答谢，好像给了末吉不少的小费。至于末吉的信息是否让他发了财，我就不知道了。”

“他只见了末吉，没有见你吗？”

“怎么可能？我对那个人很警惕的。听末吉说，那家伙买马券出手很大方呢。他当时也就二十一二岁吧，那么年轻的人，不可能花那么多钱买马券的。我问过末吉，他是 N 省的官员，我就猜到这钱不干净了。”

“有道理。”

“很有前途的年轻人常常会毁在赛马上。大多是挪用公司的钱。我从末吉嘴里听说了冈濑的情况，立刻意识到这家伙有问题，一定是挪用了公家的钱。所以我多次提醒末吉，要适可而止。”

“是这样啊？”

“末吉那家伙，在我面前装得挺听话的，其实很贪小便宜呢。所以冈濑一来找他，他就帮着冈濑。其实，末吉那样的人怎么可能预测出准确的结果呢？依靠他的信息，自然总是失败。当然，不仅是末吉了。在赛马场上工作的人，如果都能够预知胜负的话，不早就成了百万富翁了？一般人往往会产生这样的错觉。果不其然，不久后冈濑就东窗事发了。”

“是啊。”

“虽说和我没关系，但是如果知道马厩里的年轻人做了不应该的事，我就睡不好觉。当时，我曾狠狠地训斥过末吉。因此，虽说我不认识冈濑这个人，但是比陌生人的感觉要熟悉一些。”

“冈濑出狱之后，来找过末吉吗？”

“我不知道。不会来找他吧。”

“其实他还是来找过末吉的。只是不知道是否很频繁。”

“有这事？”

“末吉自己这么说的，应该是真的。”

“这家伙，真拿他没办法。”

西田沉着脸，咂着嘴巴。

“这事请不要告诉末吉。请不要训斥他。您也知道冈濑的事情，他已经不可能再来找末吉了。”

“这倒也是。”西田苦笑着说。

快走到马厩了。

“想冒昧地问一个问题，听说西田先生这里有立山前议员的马匹，是这样吗？”

“是的，和立山先生是老相识。现在在我这里的有这匹叫作日出杯的马，以及其他两匹。以前，我还调教过在京都获得冠军的民度锦。”

“是吗？我听那边的几个人说，日出杯是冠军候补呢。”

“谁知道呢。实际比赛后才能知道啊。不过，应该不会太差劲的吧。”

“听说立山先生前天回东京了？”

“是的。先生在秋田开完会，顺道来看了看马的情况。”

“我刚才还听人说，日出杯来这边的路上，身体不太好啊？”

“是啊。我是后来才到的，所以事后听说末吉当时很担心。好在没有大碍，我也就放心了。”

底井武八很吃惊。

刚才西田孙吉说他是后来来福岛的。此事底井武八之前也听说过。

西田应该是追着立山前议员十六日从东京出发去秋田的。

十六日——

这可是个问题。底井武八心里顿时紧张起来。

“西田先生，您是十六日到秋田的吗？是从上野坐的哪趟车呢？我问这个，是因为最近我要从东京去秋田办事，想知道哪趟车比较方便。”

底井武八这样一问，西田孙吉回答道：

“这个嘛，从东京直接去秋田的话，最常乘坐的是立山先生坐的晚上九点四十分的快车‘津轻号’。这趟车是翌日的早上八点五十分到达秋田。我坐的也是那趟车。还有一趟上午九点三十五分，从上野发车的快车‘鸟海号’，这趟车是晚上八点十五分到。虽说是直达，也有些不便之处。”

底井武八确认了西田乘坐的是十六日的快车“津轻号”。但是，万一他坐的是快车‘鸟海号’，那么和山崎治郎的箱子托运是如何发生关联的呢？回头再查看时刻表，仔细研究一下吧。

“底井先生这次来找我，到底想要问些什么呢？那位山崎总编出什么事了吗？”

对于西田而言，也的确是很想知道的事。

“其实山崎已经被害了。”

“你说什么？”

“您没有看到报道吗？在郡山的乡间发现了装有他尸体的箱子，现在报上都在炒作呢。”

“你这么一说，我想起来了，前几天是有这样的报道。”西田好像刚刚想起来的样子。

“那个人就是山崎吗？我实在太忙了，没有好好看报纸。只是看了标题，有点印象……原来是这样，那个人就是山崎吗？”

西田刚刚知道似的瞪大眼睛。

“是吗？可是很抱歉，我刚才也说了，我的确没有见过山崎这个人。”

他立刻警惕起来。

“不好意思，想问一下，西田先生这次赛马结束后，是马上回东京吗？”

“七月五日是最终日，因为要运送马匹，还要在这里多待一天。”

“辛苦了。问了您很多问题，真是打扰了。那我就告辞了。”

“是吗，再见吧。”

西田把手遮在帽檐上，微笑着低下了头。

底井武八一个人朝着大门方向走去。可能的话他还想再见见末吉。但是估计末吉现在正忙着，也没有特别的事情要问他，就作罢了。他打算以后有什么事，再来找末吉。

这时，有三个厩务员打扮的人一边说话，一边从他身边走过。

“你家的马，定下货车了吗？”

“只是办完了手续。以便没有取胜希望的话，可以及早回东京。明后天大概可以装车。”

“你跟车走吗？”

“那还用说。”

底井武八无意中听到这些议论，突然悟到了什么，停下了脚步。

对呀。马也可以利用货车运送的。厩务员会陪着马匹一起坐货车的。末吉不是说送日出杯来的路上，马得了病，特别担心吗?

那么日出杯到底是什么时候离开东京的呢?

底井武八跟走在旁边的厩务员打招呼“你们好”。

其中一个人停住了脚步。

“我想问个问题，西田马厩的日出杯是什么时候从东京送来的，你们知道吗？”

三个厩务员面面相觑，一个高个子回答道：

“日出杯好像是在我家的马出发后第二天，乘十五日早上的货车来的。”

回到东京后，底井武八对列车进行了两个调查。

一是西田孙吉说的快车“鸟海号”。

查了时刻表，这趟车是早上九点三十五分从上野发车的。分别于上午十一点十八分到宇都宫、十二点四十四分到白河、下午一点二十二分到郡山、下午两点九分到福岛。

到达关键的郡山站是下午一点二十二分，下午一点二十五分发车。

在这个郡山站，有人来取走装有山崎尸体的箱子是在当天的晚上九点。

其间约有八个小时的间隔。

另外一个是，末吉跟车去福岛是坐货运列车。

这趟车是从田端站出发的。

这趟货车是十五日晚上八点五十分发车的，当然，马是在当天早上就已经装车了。在田端站打听时，那趟车是每站都停车，十六日晚上十一点五十分到达福岛站。

“十五日离开田端站，十六日到达福岛，花的时间很长啊。”

底井武八很吃惊。听站员说，运送牛马猪等畜生的货车因为要在停车时喂水、喂饲料等等，所以很费时间。

第六章　工作

#1

底井武八对于运送日出杯参加福岛赛马的家畜运输车，十五日二十点五十分从田端站发车，却是十六日晚上十一点五十分到达福岛站的这件事耿耿于怀。

他跟从事赛马行业的厩务员们确认过，因为要在停车时给车上的牛、马、猪等喂水、喂饲料等，所以家畜运输车运送时间比较长。尤其是赛马，更需要呵护备至，所以一般都是在陪护人的悉心看护之下运送的。因此，无论是喂水，还是喂饲料，铁路方面会提供方便。但是，即便如此，那也太慢了。虽说和快车无法相比，但是快车从东京到福岛大约五个小时，该货车却用了三十个小时。

底井武八又就此事询问了府中的从事赛马行业人士。

“的确有些长了。”那个人不解地说道。

“即便是晚点了，也应该再早一些的。大概是途中发生了什么事故吧？”

事故？

对了，发生了那件事——

厩务员末吉说过，马在运送途中得了病，而且在福岛赛马场时，其他厩务员还问过末吉关于马的情况呢。

日出杯是驯马师西田为马主立山前议员训练的马匹。这是一匹四岁的纯种马，过去在中山和中京赛马比赛中两度夺冠，在西田马厩中也是屈指可数的。

照料它的厩务员末吉还说马的病有惊无险。

但是，马在运送途中得了病，末吉应该采取了万全之策吧。或许是因为进行救治，家畜运输专列才晚点的?

底井武八想，应该去跟家畜运输专列的列车长详细了解一下情况。

另一方面，关于托运箱子的货车，底井武八从福岛县警署搜查本部的臼田警部补那里听说，郡山警署查到货车号码是 191。六月十六日四时三十分，从大宫发车。

此事不可能一蹴而就，必须先解决一个个疑点。一定要扎扎实实地进行。即便是推测有误，也不能气馁，要坚持到底。

底井武八当天就去了田端站的列车事务所。事务所一般位于离车站稍远的地方。虽说是一栋大楼，但是由于紧挨着机车库，四周铁轨纵横。机车或是单独驶过，或是被拉拽着驶过，底井武八不禁产生了错觉，说不定走路一不小心，就会被身后驶来的机车碾死。

底井武八看到一个列车员在列车事务所周围转悠，就告诉他自己是为什么事而来的，问他应该去找谁。对方让他去二楼问一下。底井武八便上了楼梯。

二楼是事务所。到底是车站，办公桌排成一长溜，穿制服的站员都在忙着各自的工作。

其中一个上年纪的人对底井武八点点头，走了过来。

“是十五日晚上八点五十分从这个站发车的吧？”

这个个头很高的男人，把底井武八的问题记在本子上。

“我查一下。”

他站了起来，走到墙边摆着的壁柜跟前，打开柜门，在里面寻找着什么。

底井武八独自抽着烟等着。窗外是万里无云的朗朗晴空，隔着玻璃窗可以听见列车的汽笛声此伏彼起。

不久，那个人回来了。

“我知道了。看了一下出勤表，那趟家畜运输车的列车长是横川修三。”

“谢谢……那位列车长今天上班了吗？”

“没有，刚才看了一下出勤表，他今天休息。大概在家里吧。”

“他家在哪里？”

那个人直起腰，对着那边隔着四张桌子的人喊道：

“喂，中村君，横川修三家好像在你家附近吧？”

一位年轻站员转过身子对这边说：“是的。”

“在哪里？现在有人要去横川家找他。”

“他家就在鬼子母神社附近，就是杂司谷的鬼子母神社。神社里有一棵很大的朴树，看到后往左拐，有一条小路。到那儿后，打听青叶庄，就知道了。他住在二楼的3号房间。”

“非常感谢。”

底井武八很客气地表示了感谢，从二楼走下了被踩得很脏的楼梯。

他又走着去了田端站，如果去杂司谷，还是在池袋站下车比较方便。他坐电车到该站，从站前打车到了鬼子母神社附近。这段路要是走着去的话，可不近。正如那位站员所说，远远地看到了一棵高大的朴树。

按照对方说的路线，底井武八看到朴树后，往左拐进小胡同，就看到了挂着“青叶庄”牌子的很旧的公寓。从下面的土间可以直接上二楼。底井武八脱掉鞋，穿着热乎乎的袜子上了楼梯。一上二楼就是一条很窄的走廊，3 号房间是拐角第二间。他看到玻璃门里有人影在晃动。

“有人吗？”

底井武八敲敲门，问道。一个二十五六岁的女人开了门。

“请问，是横川家吗？”

“是的。”

“这是我的名片。”

他先递出了名片，接着说明是在列车事务所打听到的地址。

女人进里面说了几句话，他听到有男人说话的声音。说是里面，也只有两间屋子，因为挂着门帘，所以看不到里面。

“请进吧。”女人打开门帘走出来。

底井武八说了句“打扰了”，就跟在女人身后走进去。在窗边有一个很简单的待客区，女人请他在那里落了座。

里间的隔扇开了，一位二十八九岁模样、面色白皙的矮个子青年，摇着团扇出现在底井武八面前。

“我是横川。”

“突然打扰，实在冒昧。”

底井武八按照递上的名片做了自我介绍。

从敞开的窗户进来的只有房顶的暑热，一点风也没有。在公寓屋顶上方，广告气球犹如被熬干了一般静止不动。

横川修三以为是记者来采访他，表情十分惊讶。于是底井武八赶紧给对方吃定心丸。

“不是采访，我今天是为私事来的。”

“啊，是这样啊。”

“我在进行有关赛马的报道，我想了解一下，六月十五日晚上八点五十分从田端站发车的货车，听说是横川先生担任列车长的吧？”底井武八开口道。

“请稍等一下。”

横川修三歪着头思考起来。

“列车号码我忘记了，不过，六月十五日晚上八点五十分发车的货车，确实是我负责的。这个我记得。”

“是吗？那么我想问一下，车上运送的去福岛赛马比赛的马匹，您还记得吗？”

“啊，我想起来了，的确是参加赛马比赛的马匹。”

“陪同那些马的厩务员，是府中的末吉。”

“名字记不清了……那位名叫末吉的是不是三十七八岁，矮墩墩的，很壮实？”

“是的，他就是厩务员末吉。”

“越来越清楚了。我觉得那位厩务员对马非常好……他怎么了？”

“是这样，没有什么大事，只是个人想了解一些情况，还请您告诉我。那趟货车到达福岛时好像晚点了很多，是事实吗？”

“是的，是真的。”

横川列车长立刻表示肯定。

“因为按照预计的行驶时间，应该是十六日下午一点到达福岛。可是，由于延误了很长时间，晚上十一点五十分才到达。晚点了很多。”

“发生什么事故了吗？”

“这个，说是事故也算是吧。其实是这么回事……”

女人端了杯冰果汁进来，横川修三一口气喝干了。

“护送赛马的厩务员，对，我记得是叫末吉。刚刚从宇都宫一带发车后，末吉就到最后一节的列车长车厢来找我，说当时马的情况很不对劲，要找兽医来看看。可是要想找兽医，就得在中途的某站长时间停车，我就拒绝了。于是，那位厩务员非常气愤，说这可不是普通的马，是价值一亿日元的赛马，这点方便应该提供。我们争执了半天，最后，我还是输给了厩务员的气势，妥协了，同意时间在三四十分钟之内的话，可以请兽医。这就铸成了大错。”

“可以理解啊。”

“关于在哪站停车叫兽医的问题，我说：‘宇都宫站已经过了，前面都是小站，很难找到兽医的。’末吉说：‘不行，在矢板站多停一会儿的话，他可以去找当地的兽医来。矢板町附近的乡间有马市，那里必定有兽医。’坚决不让步。我对那里不熟悉，就对他说：‘那就在矢板站特别停车四十分钟，这期间去请兽医来治疗吧。’问题是停车的时间。离开宇都宫是凌晨三点五分，到达矢板站是五点十分。即便矢板有兽医，那么早也不会来呀。我提出这个疑问后，末吉说：‘没问题，把医生叫起来说明情况的话，肯定会来的。因为是赛马，医生也能够理解的。’我问他，马到底哪里不舒服，他说：‘好像是胃肠不好，不及时治疗的话，就有可能参加不了福岛的赛马比赛，弄不好马还可能病死。那样一来就是护送马的我的责任了。’看着脸色苍白、神经质的厩务员发愁的样子，我实在无法拒绝他。”

“后来就请兽医来了？”

“请来了。刚一到矢板站，末吉就跑出去了。兽医是一位六十岁的老人，留着雪白的胡须，人很精瘦。末吉拿着手电筒，带着他走进了家畜车厢……可是我说的停车四十分钟，请兽医来就花了近三十分钟，然后治疗了一个小时。我虽然很着急，可又不能中途发车，结果一共用了差不多一个半小时。”

“是啊。”

“如果是停车三四十分钟的话，不必通知福岛的列车员区或机车区，可是停留这么长时间，就必须进行详细的汇报了，因为会和其他列车的运行时间发生冲突。由于一共停车一个半小时，造成了很大的影响，结果，为了给其他车辆让路，从矢板站发车已经是那天下午的三点十分了。”

“真的？就是说那天在矢板站停留了十个小时？”

“是的。为了这个事，我还被列车员区主任狠狠训了一顿呢。”

“真是太倒霉了。”

“不过，看到厩务员那么拼命地照顾马匹，我也很感动呢。他彻夜都在看护马，可以说对马的感情超越了人的爱情啊。那厩务员一夜都没有睡觉。不那样爱马的话，恐怕就干不了厩务员这个行当吧。看到他对马那么尽心，我真的很感慨啊。我要是得了病，老婆对我的照料，还不知能不能有他的一半呢。我都羡慕起马来了。”横川呵呵笑起来。

“那么，那匹马治好了吗？”

“幸好没什么大碍。兽医回去的时候，还生气地对厩务员说，这么点毛病还叫我来一趟，太不像话了。”

令府中的从事赛马行业的人纳闷的货车晚点的原因终于搞清楚了，马得病的事也清楚了。

“那位兽医叫什么名字？”

“我没有问，不知道啊。不过矢板町是个小镇，估计也只有一家兽医院，一打听就知道了。”

“是啊。多谢了！”

底井武八低头致谢，就此告辞。

2

底井武八决定去一趟枥木县的矢板町。

厩务员末吉因为马得病需要治疗的缘故，而导致货车晚点的过程，通过横川修三的讲述已经搞清楚了。下面他想要了解当时的具体情况。为此他想见一见末吉从矢板町请来的兽医。

横川列车长在最后一节车厢，因此不可能经常去末吉和马所在的家畜车厢。横川列车长对于末吉对马的精心照料很感动，但想必也不过是有空的时候去看看。所以真实的情况需要跟兽医了解。

底井武八从上野出发，矢板站是从宇都宫站数起第六站，从上野出发大约需要两小时四十分钟。

矢板是个很小的车站。站前广场上停着“开往鬼怒川”“开往乌山”“开往盐原温泉”等的一排巴士。底井武八羡慕地望着那些巴士的目的地，心里想着等有空的时候，一定来好好泡泡温泉。

底井武八虽然在一心追查这件事，但是在报社里，由于总编山崎治郎被害，现在他只能拿点所谓的津贴。不过，因为报社很小，说不定什么时候就会让他终止悠闲的调查，回社里工作，弄不好还有可能被炒鱿鱼。由于背负着生活压力在进行调查，他丝毫不敢掉以轻心。

很快就找到了那个兽医。这个小镇果然只有一家兽医院，所以问到的第一个人，就告诉底井武八怎么走。那家兽医院名叫佐座家畜医院。

从车站过来要走八百米，也难怪末吉从货车停车的那个车站往返需要很长时间。佐座家畜医院尽管门面上涂了蓝色的油漆，搞得很气派的样子，可毕竟是乡下，房子还是很简陋。

底井武八一走进去，一位护士模样的女人就出来了。她是一位眼睛上挑的中年女人。

他说明想找医生，就被请进了客厅。电扇吹着热风。比起电扇来，从敞开的窗户刮进来的田野大风更凉快些。果然是乡间的风光啊。

一位穿着白大褂的老人走了进来。正如横川列车长描述的那样，老先生留着雪白的胡须，颧骨很高，是个瘦小的男人，眼睛炯炯有神，面色红润。

“这是我的名片。”

底井武八递出名片。老先生接过名片后，从兜里掏出老花镜看起来。

“嗯，你是从东京来的了？”

“是的。”

“请坐吧。”

底井武八刚一坐下来，护士就拿来了一杯汽水。

“我这次来是想跟您了解点事，请勿见怪。”

底井武八开门见山地说明了来意。

“就是这件事……”

说完很长的一段话后，他拿起那杯还在冒泡的汽水，

“当时给马看病的是先生吗？”

“是我。”

佐座医生很肯定地点点头。清瘦的喉结旁边皮肤松弛，青筋暴露。

“的确是我给马看的病。正如你刚才说的那样……日期我记不清了，记得是那天早晨的事。没错，六点左右我听到有人咚咚地敲门，就从窗户探头去看。兽医不比内科，并没有急诊，所以，这么一大早来叫门很罕见。我一问，他就说了你刚才说的情况，请我务必去停在车站的家畜运输车去给马看病。我这人睡觉不好，虽然睡眠不足，还是把必要的医

疗器械带上，跟着那个厩务员赶去了。”

“马的情况怎么样呢？”

“据那个厩务员说，马的情况不正常，很疲倦似的，没有精神。喂它饲料也不怎么吃。而且不像平时那么听话，老是跳动。大便好像也很软。他非常担心，请我给马看一看。他说马是去参加福岛赛马比赛的，要是有状况的话，就得取消出场资格了。因此，请我务必治疗一下。”

“是吗？那么马的情况到底怎么样呢？”

“没给马诊断之前，听厩务员的介绍，我想大概是大肠炎，或是胃炎，所以带了这方面的药物去的。”

“马的病也和人一样吗？”

“一样的。可是，去了一看，什么事也没有。没有任何问题。那个厩务员也太神经质了，让我白白跑了一趟。我就说，这不是挺好的吗？没有什么毛病。可是厩务员根本不听……”

佐座医生想起当时的情况，绷起了脸。

“厩务员说：‘我对这马最了解了。它是从岩手的小岩井牧场买来的小马，第二年，三岁时参加赛马，得了第二名，所以我最清楚这马的天分了。我担心这匹马得了感染性贫血，所以，请你给好好看一看。’我不是不能理解厩务员的心情，可我是兽医，四十年的经验不是说着玩的。可是，那个厩务员坚持说：‘大夫，你仔细看看它的眼睛，是红色的吧。抬腿也很沉重吧。’说话口气就像我是个庸医似的。当然了，关系到福岛赛马比赛的胜负，厩务员的担心也是可以理解的。如果是感染性贫血或大肠炎的话，价值一亿日元的马匹也得病死。因此我就打开带来的黑包，给马打了一针，好让他放心。”

“厩务员高兴吗？”

“没有高兴的样子啊。”

“那是为什么呢？”

“他说注射一针还不够，央求我再打一些其他的针剂。最后我也生气了，训斥他‘什么事也没有的马，打那么多针干什么用’。结果这回厩务员竟然脸色大变，咄咄逼人地说：‘如果因为你的处理不好，最后马死了的话，怎么办？’差一点就吵起来了。”

“呵呵，他这不是无理取闹吗？”

“简直是胡闹。”

佐座医生苦笑道。

“总之，在车上待了快一个小时，厩务员死活不让我走。我也给很多马看过病，可这样的厩务员还是第一次见到呢。”

“你还记得厩务员的名字吗？”

“叫什么名字来着……”

“是不是叫末吉呀？”

“对对，没错。”

兽医拍了拍腿。

“的确是叫末吉。由于遇到这件事，福岛赛马比赛开始后，我很留意看报纸，果然看到日出杯得了第一名呢。简直是个傻瓜，那个厩务员。还吹嘘什么对这马他最了解呢。说不定他还觉得是那个乡下医生打了针，马才恢复了健康呢。”

兽医张开缺牙的嘴哈哈大笑起来。

“医生，这么一来，那趟货车就晚点了，对吧？”

“是啊。如果他同意只打一针的话，用不了多少时间的。列车长很着急，一直看手表，来了好几次。”

“这样啊。”底井武八抱起了胳膊。

听了这位兽医的叙述，他了解了末吉的所作所为。马什么问题也没有，末吉厩务员却特意找来兽医，而且还差点跟兽医吵起来，把兽医强行留在家畜车厢里将近一个小时。其目的是不言而喻的。就是说，末吉大大延长了横川列车长特别准许的停车四十分钟的时间。

底井武八回到了矢板站，坐在长椅上。

别处阳光毒辣，此处却很凉快。这里是乡间车站，不同于大都市，所以没有任何遮挡物，风肆意地吹拂着。

厩务员末吉为了什么要拖延货车的发车时间呢？

正常的话，十五日晚上八点五十分发车的那趟车，应该是十六日下午一点到达福岛。这是横川修三告诉他的。

如此说来，货车应该是十六个小时到达，却因为晚点，于翌日晚上十一点五十分到达福岛,大约花费了二十七个小时。晚点达十个小时之久。

那么，货车是几点到达发现那个装有尸体的箱子的五百川呢？一般来说，十六日上午十一点半左右到达应该是正常的运行时间。可是由于上面所说的情况而延迟，所以实际到达时间大约是晚上九点三十分。

那么装有尸体的箱子是几点到达郡山站的呢？按照正常的运行时间应该是上午十一点左右吧。但由于上面所说的情况而延迟，所以实际到达时间是晚上九点左右。

领取那个箱子的人是晚上九点，这一点已经弄清楚了。

末吉乘坐的家畜运输车到达郡山站是晚上九点左右，那个箱子从郡山站被领取的时间是晚上九点。——底井武八吸着烟，心里咯噔了一下。

这一致的时间意味着什么呢？也可以认为，末吉是为了赶上晚上九点领取装有山崎尸体的箱子，才故意拖延列车的发车时间。他为此谎称马有病，还和兽医争吵。这样的解释能否成立呢？

假设在装有尸体的箱子被领取的九点之前，货车已经到达郡山站，末吉就有可能在停车期间从货车里出来，去托运处领取了箱子，扛着箱子再回到家畜车厢里。

而且，货车行驶了几十分钟到达五百川站后，他也可能利用在那里长时间停车的机会，再从家畜车厢里把箱子扛出来扔掉。装有尸体的箱子不正是被扔在离五百川站不太远的地方吗？

底井武八觉得有必要再去一趟五百川站，然后还要仔细调查一下郡山站。

他从长椅上站起来，看了看售票窗口上方的时刻表，十分钟后将有一趟下行慢车到站。到郡山站大约需要三个小时。

底井武八坐在列车上陷入了沉思。车厢里没有其他乘客。两边的车窗都开着，空气很清新。

他打开笔记本，写了起来。

打算在郡山站调查的情况如下：

①家畜运输车是六月十六日几点到达郡山站，几点发车的？

②郡山站领取箱子的人是否长得像末吉。上次由于没有线索而无法比对，但这次可以详细描述末吉的长相，询问当时的站员。

③如果末吉是领取箱子的人，他必须从家畜运输车出来走到行李托运处。那么是否有人看到末吉从家畜运输车出来？

④箱子被扔在下一站的五百川附近，所以在郡山站领取的行李必须搬运到家畜运输车去。是否有人看到扛着箱子的人穿过郡山站站台，进入停车中的家畜运输车？要询问当晚值班的所有郡山站站员。

⑤去五百川站调查。——如果末吉扛着箱子从家畜运输车出来，去了案发现场扔掉的话，或许有人看到。寻找目击者。

他看着自己的笔记，不无得意。

只是这里需要推翻上述推测的时间条件。

那就是，在郡山站领取那个箱子的时间（晚上九点）已经毫无疑问了，所以末吉乘坐的货车必须在那之前到达郡山站。如果在那之后到达郡山站，上面的推测便不成立了。

底井武八眺望着沿途的风景，盼望货车确实是在晚上九点之前到达的郡山站。

还差一步。还差一步，山崎总编送到田端站托运的箱子里，为什么最终装了他自己的尸体的谜团快要解开了。

3

底井武八到达了郡山站。

郡山站的站台很长，由此分成开往福岛县的平方向和会津若松方向的两条线路。

好不容易乘坐这趟凉爽的列车，在这拥挤的站内走着走着，他渐渐地又感到热起来。

然而底井武八满怀期待地赶往托运处，并不觉得很热。

他要搞清楚，厩务员末吉和赛马日出杯一起乘坐的家畜运输车是六月十六日的几点到达郡山站的。

也就是说，在那天的晚上九点，可能装有山崎治郎尸体的箱子，在该站的托运处被人领取了。底井武八认为那个人是末吉。

但是，这个推测最致命的问题是，山崎为什么会变成尸体被装进了箱子里。

底井武八有一个想法，这个回头再说。现在的问题是，家畜运输车必须在装有尸体的箱子被领走之前到达郡山站。否则末吉就不可能在该站领取箱子。

底井武八给托运处主任看了名片，所以主任很痛快地见了他。此人大约三十二三岁，胖嘟嘟的，很面善。由于脖子太粗，制服的领口没有扣上。

底井武八询问的重点首先集中在家畜运输车到达郡山站的时间。这是此次访问的主要目的，其余的问题，只是补充性质的。如果不是晚上九点之前到站的话，其他的问题也没有必要问了。

“六月十五日晚上八点五十分从田端发车的家畜运输车吧？”

“是的。”

“家畜运输车里运送的什么？”问出之后，主任自己也想起来了似的，“啊，是参加福岛赛马比赛的马匹吧？”说着他也笑了。

“是的。”

“——郡山，郡山。从本站可换乘磐越西线。去会津若松、新津方向的旅客，请在本站换车。请等候十五分钟，可去候车室等候。郡山，郡山。从本站可换乘磐越西线……”

底井武八心情忐忑地听着广播。他想快点知道主任的回答。他认为家畜运输车肯定是在晚上九点之前到站的，可是，没有亲耳听到答案之前还是很不安。他目不转睛地盯着查看资料的主任的背影。

主任从一大摞文件下面抽出一个很薄的黑皮资料夹，打开看了看，看样子找到了要找的内容。

主任笑呵呵地回到底井武八身边。

“我知道了。”他翻开了用手指夹着的那一页。

“那趟挂了家畜车厢的货车，确实是十五日的晚上八点五十分从田端站发车的，到达本站时晚点很多……”

“怎么？”

底井武八吃了一惊。

“是十六日晚上九点十分到达本站的。”

“你说什么？”

对于主任的回答，底井武八吃惊得差点跳起来。

“你是说晚上九点十分？”

“是的。”主任看见底井武八那么吃惊，又低头确认了一遍。

如果是九点十分的话，就是说末吉所乘的家畜运输车，比从车站领取装有尸体的箱子的时间晚了十分钟才到站。

即便是九点到站的，把末吉从家畜运输车车上下来去取箱子的时间算在内都来不及。倘若家畜运输车是十分钟之后才到站，就更不用说了。这样的话，末吉绝对不会九点出现在托运处的。

底井武八知道自己苦心思考的所有推理，一瞬间都被彻底推翻了。

“这个到达时间绝对准确吗？”他喘着气问道。

“没有问题。”

圆脸的主任从容地微笑着说。

“我看的这个资料是三个月来货车进出本站的记录表。和运行时间表不同，这里记录的是列车实际进站和出站的确切时间。由当班的人一一记录下来的，不可能有问题。”

底井武八一下子泄了气。

底井武八又顺便问了些问题，但知道了其中关键的十分钟的差距，他根本就提不起精神了。

“那趟家畜运输车到达此站的时候，有没有站员看到有人从家畜运输车上下到铁轨上走过来呢？”

“这个嘛，”主任歪着头思索着，“不好说，家畜车厢上的陪护人也有可能下来给马打水，或是去小卖店给自己买东西，所以那时候也应该有人下车吧。”

“我想了解这方面的详细情况。”

“具体想了解什么呢？”

主任见底井武八这样追问，感到很奇怪。

底井武八很遗憾不能把实情告诉主任。当然了，装有山崎总编尸体的箱子是在这个车站被取走的，所以主任肯定知道这件事。虽说知道，可要是说自己是为了这事来调查的，就会搞得满城风雨，底井武八想自己悄悄地进行调查。

他随便编了个理由。

主任有事出去了，二十分钟后回来了。因身体肥胖，他摘下帽子后，额头和脖颈上都是汗。

“对不起。”底井武八很惶恐。

“哎呀，真够热的。”主任掏出手帕擦着脸上的汗。

“你刚才问在本站停车时，有没有人从家畜运输车上下来吧？”

“是的。”

“我刚才问过当天值班的人了，有个人记得那趟车。”

“是吗？”底井武八往前欠了欠身。

“听说没有看见有人下车。”

“可以肯定吗？”

“他说可以肯定。”主任点了点头。

“他说记得很清楚。因为家畜运输车在本站停了大约二十分钟。但其间车门都是关着的……所以，不会有人从里面出来的。”

“全部关着，说明了什么呢？”

“陪护人大概已经睡了吧，因为到达本站已经是晚上九点十分了。”

底井武八的推测因为这个回答被完全推翻了。

因此，他记在笔记本上的第三条问题“③如果末吉是领取箱子的人，他必须从家畜运输车出来走到行李托运处。那么是否有人看到末吉从家畜运输车出来？”现在已经没有必要确认了。

底井武八想，至少要确认一下领取箱子的人长什么样。具有讽刺意味的是，领取箱子的必须是和末吉不同的人。之前推测的那条线是末吉领取的箱子，可是现在知道了领取箱子的就不可能是末吉了。一条线索出现问题，情况就会变得截然不同。

没走几步就到了车站的托运处。

底井见到了那天值班的人，也递上了名片。他说是从东京特意来的，所以对方很客气。

这位站员二十五六岁的样子。

“那件事之后，有好几个报社的人来，问了同样的问题。”年轻的站员说道。

“我以为这件事就算是过去了，刚放了心，结果你又从东京来了。”

“真对不起。”

底井武八说大致情况已经看过报道了，只想了解一下报纸上没有登载的详细情况。

“报纸上没有登载的，都是没有什么参考价值的了。”站员不耐烦地回答。

“那个男人戴着鸭舌帽，穿着灰色的风雨衣，大概四十多岁的样子。”

“长得什么样？”

“这个记不得了。这个问题报社的人也问过，很抱歉。后来回想起来，那个人可能是故意把鸭舌帽戴得很低，好不让人看到他的脸。但我记得他的体格很健壮，风雨衣穿在他身上，就像挂在衣架子上似的端着肩呢。”

这是末吉的特征。无论是年龄，还是身材只能是末吉。

底井武八迷惑了。末吉出现在这里反而很不现实了。

慎重起见，他又向对方描述了一遍末吉的相貌。

“没错。听你这么一说，的确很像那个人。”站员立刻予以肯定。

领取箱子的人是末吉，已经没有疑问了。

可是底井武八并没有感到之前那样的喜悦。运家畜的货车比从车站领取箱子的时间晚了十分钟才到郡山站。在车上的末吉，在那个时间是绝对不可能去领取箱子的。

底井武八走出了郡山站。站前小吃店一家挨着一家。他觉得很渴。

他连着喝了两杯绿色汽水，发热的脸颊稍微凉下来了一些。

他掏出笔记本，再一次看装有尸体的箱子的到达出发时间和家畜运输车的到达出发时间。

○六月十五日。晚上八点三十分左右，箱子被送到田端站托运处。

○同日。晚上九点三十分，箱子通过田端站出发的货车发货。

○十六日。晚上七点五分，该货车到达郡山站，箱子被卸货。

○同日。晚上九点，领取人出现，取走了箱子。

○十七日。上午八点，发现被遗弃在现场的箱子（尸体）。

○十五日。晚上八点五十分，从田端站发车的家畜运输车，于十六日晚上九点十分到达郡山站。领取箱子的时间和家畜运输车到达的时间相差十分钟。

底井武八盯着笔记本，足足思考了三十分钟。

外面，前往福岛、水户的巴士接连出发。巴士女郎的吹喇叭声此伏彼起。

突然一个念头一闪而过。就是刚才在郡山站听到的，关于家畜运输车的车门关闭着的事。

如果认为那个时间，在里面的末吉已经睡了，那就大错特错了。自己怎么想得这么简单呢?

其实到达郡山站的时候，家畜运输车里已经没有人了。由于没有人，所以运送马匹的车厢门是关着的。

那么为什么没有人呢?

当然是去取那个箱子了。他会不会是提前一站下车去郡山站取箱子，而不是在郡山站下车的呢？由于郡山站当班的站员描绘的就是末吉的样子，应该不会有错的。因此，下一步就是查清楚他是怎么去郡山站取箱子的。

这么说来，末吉是考虑到在案发后的调查中，如果查到自己在郡山站停车时，从家畜运输车下来过，就会导致计划失败，所以事先准备了这一手。

这个男人真不知动了多少脑筋呢。

如果末吉是从家畜运输车下来，晚上九点在郡山站取走箱子的话，他使用了什么交通工具呢？那么晚已经没有巴士了，出租车也不像东京那样随处可见。

“喂，小姐。”

底井武八让饮食店里的女服务员找来一张时刻表，因为站前的饮食店里都备有这东西。

他颤抖着手，翻到东北本线那页，在查看细密数字时，他的眼睛犹如开灯似的啪地亮了。

那就是从上野发车的下午四点三十分的准快车“思念号”。这趟车晚上八点二十五分到达郡山站，因此完全来得及九点去取箱子。

这趟车到达郡山站之前，八点十三分到达须贺川站。

即便家畜运输车是每站都停车，到达须贺川站也比准快车要早一些。就是说末吉从家畜运输车上下来，在站台上等候八点十三分到达的准快车也不是不可能的。

末吉八点二十五分到达郡山站，九点取走那个箱子，在站内的黑暗处行走，以躲避别人的视线，把箱子扛上随后到达的家畜运输车（十分钟之后到达）。他手里有车厢的钥匙，随时可以开关车门。

就这样，他将装有尸体的箱子暂时隐藏在家畜运输车里，九点五十分到达下一站五百川后，再利用停车的时间，把那个箱子扔到距离车站不远的案发地点。由于停车时间有限，不可能扔到远处，所以箱子才会扔到铁路沿线的草地里——

底井武八忍不住拍了拍手。

至此，总算解开了末吉取走装有尸体的箱子的时间之谜。

下一步就要弄清楚山崎总编是怎样变成尸体被装入箱子的了。因为是他本人把箱子送到上野站的。

托运人死了，其尸体被装入箱子里。接下来就要挑战这个难题了。

不过，解开了末吉中途从家畜运输车下车，上了后面到达的准快车这个谜的话，这个匪夷所思的诡计——送箱子来的大活人，后来变成尸体被装入箱子里——就渐渐露出马脚了。

底井武八再次在纸上写出一张列车时刻表。

如表中所列出的那样，山崎总编乘坐的列车，十五日晚上九点四十分从上野发车，十点五十一分到达小山站，到达福岛站是翌日的凌晨两点二十一分，到达终点站秋田是上午八点五十分。

运送马匹的货车是晚上八点五十分从田端站出发，十点五十分到达小山站。

小山站——这里有问题。

家畜运输车和“津轻号”同时到达小山站这一事实，让底井武八为之振奋。这与末吉在须贺川等准快车“思念号”的条件非常相似。

“津轻号”出发后，家畜运输车仍然停在小山站。

如此看来，是否可以这样推理呢？

家畜运输车	15日 20:50发 田端	22:50到 23:50发 小山	16日 5:10到 15:10发 矢板	20:05到 20:25发 须贺川	21:10到 21:30发 郡山	21:50到 五百川
准快车“思念号”	15日 16:30发 上野			20:13到 须贺川	20:25到 郡山	
快车“津轻号”	15日 21:40发 上野	22:51到 22:54发 小山				
货　　车	15日 21:30发 田端（箱子）从大宫发来的191列车				16日 19:05到 郡山	

即山崎坐在停车的“津轻号”的座位上时，末吉突然从避让其他列车的家畜运输车上下来，穿过站台走近列车。

山崎以前采访过末吉，所以认识他。末吉邀请山崎去自己的车里。

其借口一定是有关冈濑正平被害的事件，以自己有重要的线索作为诱饵。原本山崎总编就打算独自进行调查，自然愿意相信末吉的密报，中了他的圈套。

山崎进入了家畜运输车中末吉的起居车厢，这是为陪护人在货车中开辟的一小块地方。

家畜运输车开动了。

末吉伺机突然勒死了山崎。此时列车大概驶离小山站后不久，外面应该是一片荒凉吧。

可是箱子怎么办呢？那个箱子，正如前面所说，是山崎十五日晚上八点三十分在田端站托运的，装有箱子的 191 次列车从大宫发车，十六日晚上七点五分到达郡山站。箱子在该站被卸货，由车站托运处受理，当晚九点，被一个很像末吉的人取走。

假设家畜运输车和从大宫发车的 191 次列车在某站同时停车，末吉找出堆放在货车里的那个箱子，把它送入家畜运输车，然后将山崎总编的尸体装进去，会怎么样？

这是绝对不可能的。因为末吉尽管可以随意出入家畜运输车，但是进入堆放着箱子的货车就不可能了。因为箱子是和其他很多包裹堆在一起的，所以不可能马上找到箱子。即便找到了，货车还有列车长在看管。因此，没有钥匙的末吉如果破门而入的话，立刻就会被发现。列车长也曾经说过，他巡视过该车厢多次。

那么，那个箱子又是在哪里被拿到家畜运输车上的呢？装入山崎的尸体后，又是从哪一站被送回 191 次列车的呢？

同样，对于没有货车钥匙的末吉来说，这是不可能的。

那么从郡山站取了箱子后，在家畜运输车里装入尸体是否可能呢？箱子里面很可能是跟人体同样重量的装填物，所以应该可以换成尸体。

但这也是不可能的。因为郡山站离五百川站很近，家畜运输车也是二十分钟就到站。在郡山站停车的时间很短。在这个时间里，要把箱子搬过去，打开包裹的绳子，拿出装填物，换成尸体，再捆上绳子，根本来不及。再加上还需要扔掉箱子的时间。

太费解了。底井武八愁眉不展。在这个箱子上肯定施了什么戏法。破解这个戏法的关键究竟在哪里呢？他盯着那张时刻表，喃喃自语。

突然，他发现了一个被自己忽略的疑问。

那就是，山崎总编乘坐的必须是快车“津轻号”乃是这个戏法的前提，倘若山崎总编乘坐的是其他列车，这个计划就泡汤了。

如此一来，山崎总编乘坐“津轻号”便不是他的心血来潮了。一定是答应了什么人提出的必须乘坐“津轻号”的条件。不然的话，末吉在小山站引诱山崎去自己的家畜运输车里的计划就无法实施了。

末吉绝对不是偶然在小山站遇见山崎，偶然引诱他进入家畜运输车的。这是经过周密策划而实行的谋杀。该计划的必要条件就是山崎总编必须是快车“津轻号”的乘客。

于是，底井武八回想了山崎总编乘坐的那趟快车“津轻号”的情况。

山崎总编谎称去上班离开家是在十五日上午九点二十分左右。从那以后，到他的尸体被发现，一直去向不明。可是，从他曾经乘坐过快车“津轻号”来看，以上的推理就迎刃而解了。他乘坐那趟快车多半是为了去福岛。即是为了冈濑被害的事件，他大概是觉得只有底井武八一个人追查不放心，所以独自前往了。此事通过他衣服上沾上的府中赛马场的稻草就可以明白。

那么他乘坐“津轻号”，是和谁事先约好了呢？

到底是谁呢？

此时，底井武八想起了十五日和十六日去秋田的立山前议员和驯马师西田。有迹象表明，冈濑正平入狱前从N省贪污的巨额公款有一部分存放在立山前议员那里。冈濑再三去立山寅平经常出入的神乐坂的料亭，不就是为了催要那笔“存款”吗？

在冈濑死亡的背后有着立山的黑影。这个黑影又来到了追查的山崎身上，夺去了他的性命。——这就是说，山崎握有凶手杀害冈濑的确凿证据。

那个证据是什么呢?

底井武八假设山崎平安地到达了福岛，那么有必要调查一下十六日立山前议员和驯马师西田的行踪。

厩务员末吉的行为也必须彻底调查。不用说，在那之前，必须先破解“变换箱子的戏法”之谜。

第七章　推理与现实

#1

底井武八立即启程去秋田。由于前议员立山寅平和驯马师西田孙吉曾经在秋田见过面，因此，要从这里开始调查。

立山是坐十五日的快车“津轻号”去秋田的，西田紧跟马主，十六日出发前往。名义上立山去秋田是为了参加党的地方大会，这是底井武八在事务所听说的。而西田十六日随后去秋田，是他在府中听说的。

不过这些都是听别人说的，他还要亲自确认一下才能放心。

到达秋田已经是半夜了。

在这里，他想调查立山前议员来参加党的地方大会时下榻的是哪个宾馆。

底井武八看见有三四个招揽住宿客人的人在站前转悠，等着晚点的列车。

“打听一下，”他走近其中一人，“六月十七日，是在这里召开了 ×× 党的地方大会吗？”

“有啊。从东京来了很多大政治家呢。”

“当时从东京应该还来了一位名叫立山寅平的前议员，你知道他住在哪个宾馆吗？”

“他们多数住在三泽宾馆，那是这里最大的旅馆。不知道立山前议员是不是也住在那里。”

“谢谢了！”

底井武八打了一辆在站前等候的出租车去了三泽宾馆。

“这么晚才来，不好意思，请问，还有没有空着的房间呢？”

正准备关门的女服务员有些不高兴的样子。

“光住宿的话可以。只是厨房的师傅们已经下班了，没有晚饭。”

“啊，不用，我在路上已经吃过饭了。”

“请跟我来。”

底井武八跟着女服务员走进了大门。还是有四五个女服务员跪着迎接他。

“这么晚才来，给你们添麻烦了。”

他很拘谨地上了二楼，被引进了一个房间。房间有八叠大小，比预想的要高级。

当他在欣赏壁龛里的挂轴的时候，一个女服务员端着茶点进来了。

“谢谢，谢谢。”

底井武八说着客气话，拿出一张准备好的五千日元，迅速塞进女服务员的手里。

“哎呀。”

女服务员有些不好意思，但迅速塞进腰带里，双手伏地，表示了感谢。

虽然只有二十二三岁的样子，却是个大块头的女子。

女服务员抱来了被褥，一边铺床一边说：

“您到得很晚啊？”

“办了些事，耽误了时间。给你们添麻烦了。”

“哪里，我们也是做生意啊。”刚才的小费立刻见了效。

“有点事想问问你。”

“什么事啊？”

床铺完后，当她打开了枕边的地灯时，底井武八问道。

“听说六月十七日，在这里住过从东京来的大政治家，是吗？”

“住过，住过。据说十七、十八、十九日这三天召开了 ×× 党的县支部大会，来了很多大人物呢。”

“其中有叫立山寅平的前议员吗？”

“有的。因为正好是我负责他的房间。”

“是吗，你负责的？这可太好了。”底井武八很高兴。

“那位前议员是一直住到十九日的吗？”

“是的。和其他人一起走的。”

“有没有一位从东京来的西田先生来这里找他？对了，那位西田先生坐十六日的夜车来的，到这儿应该是第二天早上了。”

“那应该是坐快车‘津轻号’来的。‘津轻号’到这里是第二天早上的八点五十分，应该是早上来的客人。”

“没错没错。他穿的可能是西服，是赛马的驯马师。”

“是吗？”女佣思索了片刻，“怪不得一直在谈论赛马呢。那个人个子高大，四十五六岁的样子。”

“就是他。他果然来了？”

底井武八感到有些失望。

“是的。说是立山先生的马要参加这次福岛的赛马比赛，一直在谈论这个。”

“嗯，知道了。”

看来驯马师西田孙吉肯定是十六日坐快车“津轻号”从东京出发的，他的行动已经得到了证实。

“他在这里住了一晚上吗？”

“没有，说是担心马的情况，马上就回去，不过，是吃过午餐后离开的。”

“而且，一下子来了这么多人，也没有空房间吧，他大概是去别的宾馆了吧。”

“是的，的确住满了。不过十六日倒是有一个房间取消预约呢。”

“取消预约？”

“那位是跟着立山先生来的记者。”

“什么？记者？”

底井武八非常吃惊。

“他叫什么名字？”

“因为不是我负责的，不知道叫什么……”

“怎么查到他的名字？”

“我去下面的前台问一下。”

看样子五千日元小费还真是发挥了作用呢。

底井武八心里怦怦直跳。如果是跟着立山寅平来的记者的话，会不会是山崎呢？山崎的去向一直不清楚，因为是他把那个箱子（就是后来被发现装了他自己尸体的箱子）送到田端站的，所以很有可能是他。

女服务员上来了。

“哎呀，有劳了！怎么样？”底井武八笑着问道。

“据说那个人名叫山崎。”

果然不出所料。底井武八突然兴奋起来。

“是他本人预约的吗？”

“是的。十四日从东京打来了电话，要求务必预约一个房间。”

“那封电报还在吗？”

“没有，早就扔掉了。”

底井武八掏出笔记本，记录下来。女服务员瞪大了眼睛，不安地问道：

“请问，您为什么要了解这些呢？”

“没什么，山崎是我的朋友，等我回去一定得说说他，给你们添麻烦了。”

“没事，不用了。”

女服务员终于放下心来，露出了微笑。

“不过，”底井武八看着女服务员的单眼皮和翘鼻头问道，“你知道山崎先生为什么跟着立山前议员来这边的吗？”

“电报上说，他和立山先生是朋友。”

“你告诉立山先生了吗？就是山崎取消预约的事？”

“是的。一直等到中午都没有来，而且，想入住的客人又多，就去问了立山先生。然后先生说这家伙真是不靠谱，不用等他了。安排其他客人好了。”

“哦，这么说立山先生知道山崎不来这里了？”

“好像知道。”

“没有显得很吃惊吗？”

“没有，很平静的。反而听说他预约了，显得很吃惊，还问了这件事呢。”

底井武八拿出了烟盒，女服务员动作迟缓地给他点上烟，他继续思考起来。

莫非山崎总编并没有打算和立山前议员一起去秋田？立山坐的是十五日的“津轻号”。山崎托运箱子出现在田端站也是十五日。“津轻号”是从上野站晚上九点四十分发车的，山崎去田端站托运箱子是晚上八点三十分。这样看来，山崎有可能托运完箱子后上了“津轻号”。

如此看来，对于山崎取消预约的事，立山前议员不感到吃惊，说明了他知道山崎一起去秋田，而且觉得取消预约是理所当然的。

值得注意的倒是女服务员说的，立山前议员听到山崎打来预约的电报很吃惊这一点。

这一点很重要。他赶紧翻开笔记本。

他一看女服务员，好像很困倦的样子。

“哎呀，抱歉抱歉。已经问完了，请休息去吧。”

女服务员三个指头摁在地上，施礼之后，轻轻走出了房间。

底井武八趴在床上，在地灯下翻开了笔记本。

①山崎总编打算和立山前议员一起乘坐“津轻号”去秋田。

②山崎消失在了“津轻号”上。后来在郡山站，山崎成为装在箱子里的尸体被人发现，已经有事实为证。那么，山崎到底是在哪里消失的呢？

③立山前议员对于山崎取消预约的事不感到吃惊，说明他知道山崎在列车中消失的事。那么，立山前议员和箱子事件有没有关系呢？

④西田十六日从上野出发，与山崎被害有没有关系呢？

底井武八一边在脑子里整理着，一边写下了这些内容。看到④时，他恍然大悟，马上站起来从皮包里拿出了时刻表。

从时刻表中找到在快车“津轻号”前面有一趟准快车“思念号”，是晚上九点四十分从上野站发车，到达福岛是次日晚上九点二十五分。福岛是终点站。

看一下郡山站这边。“思念号”到达郡山站是晚上八点二十五分。

这趟车的存在给了底井武八很大的提示。

如果按照自己推理的那样，山崎是十五日坐的快车“津轻号”的话，问题就是他在哪里消失，成为装在箱子里的尸体在郡山站被人领取的？已经清楚地知道是在上野站和郡山站之间。但是不可能从上野一出来就消失了。由于在郡山站已经变成尸体了，可以再缩小一些距离。

现在看一下快车“津轻号”从上野出发到到达郡山站之间的站名和发车时刻表。

大宫22：11、小山22：54、宇都宫23：23、黑矶00：24、白河00：53、郡山1：29。

顺便，再查一下准快车“思念号”的时刻表。

大宫16：59、小山17：40、宇都宫18：07、西那须18：55、黑矶19：16、白河19：45、须贺川20：13、郡山20：25。

但是，这里的焦点集中在晚上八点二十五分发车于田端站的家畜运输车，因此局限于“津轻号”这趟车。就是说家畜运输车到达小山站是晚上十点五十分之后，“津轻号”只比它晚一分钟进入小山站，但比它先发了车。或许是在这期间山崎总编被末吉厩务员引诱到家畜运输车去的。底井武八曾经考虑过这个问题。

但是如果山崎和立山前议员一起去了秋田的话，就有些不同了。同行是否真实，到了明天早上就清楚了。

底井武八的眼皮越来越沉了，脑袋一挨枕头，就蒙上被子睡着了。

——次日早上，底井武八八点多醒来。一般他都习惯睡到十点，但如果心里有事，还是会早早醒来。

昨天晚上的那个女服务员端来了早餐。底井武八给了她五千日元小费，也是对她提供的重要信息的感谢。

底井武八走出宾馆，直奔邮局。

电报员听了他的请求，查看了电话记录。

“啊，找到了。”

“发给三泽宾馆的那封电报是六月十四日下午五点三十二分收到的。‘预约十六日房间，和立山前议员同去，山崎’……是这个吗？”

“是的，是的。”

山崎在电报里很清楚地写了和立山前议员同去。

“发报地点？”

“饭田桥。下午三点四十分发的。”

“什么，饭田桥？”底井武八不由得窃笑起来。

“发报人的住址、姓名也不知道吧，按说应该写在申请表上的。”

“这个需要去询问饭田桥了，需要三个小时。”

“那就算了。”

那就没有必要询问了。肯定是山崎治郎发的电报了。

电报发自饭田桥具有重要的意义。因为饭田桥附近的神乐坂有立山寅平经常光顾的“宫永”茶屋。

山崎治郎大概是十四日去“宫永”见了玉弥。在那里与立山前议员见面，谈论了什么之后，才使山崎和立山前议员一起去了秋田。底井武八一直不清楚在此之前，山崎和西田是否见过面，不过，得知山崎和立山见过面，这就不是问题了。因为立山前议员就是这件事的幕后指使者。

山崎之所以发电报预约了三泽宾馆，说明突然谈妥了什么，还说明他离开“宫永”是在临去发电报之前。从“宫永”到饭田桥走路也就十分钟。

山崎在十五日上午九点二十分离开大田区洗足池的家后就去向不明，原来是已经决定乘坐“津轻号”了。问题是他托运的箱子。最终装了他的尸体的箱子上的行李牌是故意用左手写的，所以不知道是谁写的。可是为什么是他自己送到车站的呢？他上午九点二十分离开家，到晚上八点去田端站托运箱子的这段时间，难道是为了准备那个箱子？

不管怎么说，十四日山崎和立山前议员见过面，山崎应该告诉我呀。——底井武八想。

——不不，山崎不可能告诉我的。他瞒着我，悄悄去了府中赛马场，身上还粘了草料呢。他就是这样的人，所以和立山谈话也对我保密。

山崎为什么要保密呢？

恐怕山崎是在坚持不懈的调查过程中，发现了侵吞公款的原N省官吏冈濑正平被杀的真相，他独占了这个消息，但不在报纸上公开报道出来，想必是为了威胁对方，从中渔利吧。除此之外没有别的可能性了。

由此推断，立山前议员果然参与了杀害冈濑正平。不仅是冈濑正平，立山前议员也参与了杀害山崎。山崎被干掉，是因为他知道了冈濑被杀害的真相，因此被杀人灭口。

底井武八坐早上九点前的车离开秋田，下午三点多到达福岛赛马场。

他朝着那排厩舍走去。由于赛马刚结束不久，还有不少厩务员。

底井武八走到其中一个正在晾晒稻草的三十四五岁的厩务员身边。

“西田厩舍的马，就在我们这个厩舍的后面，我很熟悉的。”

那个厩务员回答底井武八的问话，此人的面相很和善。也许正闲得无聊，反而很高兴有人打听的样子。

“西田孙吉是什么时候进入这个厩舍的？”

底井武八装出是西田粉丝的表情，很热情地问道。

“好像是十七日吧。”

十七日的话，是西田到达秋田的那天。看来那天他来了福岛。

“你没有记错吧？”

“没有记错。因为是赛马开始的十天前。”

以赛马开赛日为基准的话，应该是准确的。

“马主立山先生来这边了吗？”

“听厩务员末吉说，立山先生住在饭坂温泉。”

这么说立山前议员参加完县支部大会后，就入住饭坂温泉了?

“对了，末吉先生是什么时候带着马过来的呢？”

底井武八一边吸烟，一边故意漫不经心地问。厩务员也放下了手里的活儿，跟着点了一支烟。

“他是十七日下午两点左右，和马一起住进来的。就是西田先生来的那天，没错。”

厩务员主动确认道。

“十七日的话，来得很晚啊。”

底井武八说道。因为他知道家畜运输车是十六日晚上九点离开郡山站的，所以估计末吉大概是这个时间进入福岛赛马场的。

“是的。”体格健壮的厩务员回答,“我也对末吉说,怎么来得这么晚啊。他说马在中途得了病,为了给马治疗耽误了时间。末吉君抱怨了半天呢。”

底井武八知道这是末吉在演戏呢。

“那匹马的名字叫日出杯吧？”

他做出一副地道的赛马粉丝的表情。

“没错。”

“那么，这边比赛时，日出杯也不舒服吗？”

“没有,”厩务员红着脸苦笑道，“由于末吉君逢人就说马得了病，大家都信以为真。我看日出杯的样子很可疑，它精神得很。说到底就是末吉君在演戏呢。马到场上一跑起来，状态好极了。跑出了十二秒呢。它出场那天还拿了冠军呢。”

“哈哈哈。”

“马券也大跌眼镜，预测师很气愤呢。他们因为相信末吉君的话，发出了错误的情报。”

“也难怪啊。还真是难以预测啊。”

底井武八不痛不痒地打着哈哈。

末吉借口因马得病而晚点，说不定马券也是托人买的。真是个什么时候都不忘赚钱的人。

“末吉后来怎么说的呢？”

“他装模作样地说什么太奇怪了，没想到这么快就好了。胡说八道，根本就没得什么病，还有什么好不好的……大概是太丢面子了吧，他还请我们吃了柚子。”

“柚子？”

“是的，说是马主立山先生给他的礼物，给了我三个。其他人也差不多。不知道为什么，上面沾了一些沙子。”

“沙子？”

立山前议员是中部地方选出来的，所以送了他家乡的土特产吧。可是沾了一些沙子是怎么回事呢？

“那不是西田先生送的，是末吉送的？”

“是的。他来了之后送的。”

“他们也是一起回东京的吗？”

“不是，西田先生是赛马最后一天结束后，坐第二天晚上的车回东京的，末吉因为货车的关系，晚了三天回去的。”

“谢谢你了！”

底井武八没有其他想问的事了，对厩务员道了谢，就离开了那里。

他乘坐那天晚上的末班车回了东京。在福岛的小酒馆喝的酒竟然很上头，在车上很快就睡死了。可见太累了。

即便这样，他耳畔总是回响着站员连续说的“小山小山”的声音。

他突然睁开了眼睛。之后一回想，觉得自己真是了不起，小山站的事一直在脑子里萦绕。

往窗外一看，天色开始发白了。虽说才四点半，但夏天亮得早。

在蒙蒙晨曦中，站台看上去是白色的。对面的黑色货车与之形成鲜明的对比。

“津轻号”在这里停车的时候，家畜运输车就是这样在对面等着其他车辆过去的吧。

底井武八望着外面想着。

山崎坐在停车中的“津轻号”上，末吉从对面避让线上的家畜运输车突然出现，敲他的窗户玻璃。山崎看到末吉后，末吉就招手，让山崎去自己的车上。山崎知道末吉是西田厩舍的厩务员便下了车。因为之前他去厩舍调查时见过末吉。他身上沾了稻草也是那次。

到此处为止，与自己原先推测的一样。这之后就有所不同了。因为在秋田得到的信息使底井武八改变了推测。

山崎之所以和立山前议员同行，是因为知道了冈濑正平被害的真相，打算在秋田了结此事的缘故。就是说，由于立山要出席县支部大会是无法改变的安排，所以在东京没有解决的问题，就带到秋田来解决。总之，山崎的要求，无论是金钱，还是其他什么，都过于重大，因此，立山需要长时间考虑。正是由于这个原因，山崎一直跟到秋田来最终解决。

底井武八想到这里，突然意识到了什么。

末吉来到站台上敲山崎的窗玻璃时，山崎治郎应该和立山前议员坐在一起的。那么立山当时在做什么呢？末吉招呼山崎，山崎下车跟着末吉离开，难道他都装作没有看见吗？

这可有些蹊跷了。如果末吉和立山有联系的话，他是不会在立山面前这么做的。

对呀，虽说是同行，但山崎和立山未必是坐在一起的。有可能分开坐，也有可能不在一个车厢。这种情况只能说明山崎是在下一节车厢里。因为立山前议员乘坐的车厢里都是出席县支部大会的大人物，或是一些追随他们的议员。当天有三位党的实力派人物出席。大约十二三名普通议员陪同前往。立山寅平在议员时代是党的干将，虽说现在落选了，但他周围的座位上肯定坐着那些下级议员……也就是说，山崎和立山即便在同一车厢，也离得很远，或者在下一节车厢。

所以说，末吉不是在立山的面前把山崎叫走的。

山崎摇摇晃晃地下了车。“津轻号”的停车时间是三分钟，山崎打算趁着这点时间和末吉说话，然后再返回车上。

当时山崎是因为听末吉说要告诉他冈濑正平被杀的真相，而被引诱到家畜运输车上去的。看来以前这么推测是错的。因为即便末吉不告诉山崎，山崎也已经知道真相了。而且三分钟内，山崎必须回到“津轻号”上来……所以，山崎下车大概是为了从末吉那里获取更有力的情报。

对，一定是这样。

山崎的贪婪使他送了命。山崎来到末吉面前后，末吉对他说，我有话跟你说，往这边走几步吧，带着他走到靠近家畜运输车的站台的最边上，末吉表现出尽可能离停着的车远一些，好说些悄悄话的样子。快到夜晚十一点了，所以站台上也有明有暗。在黑暗的地方，如果末吉突然掏出刀子，抵在山崎侧腹的话，山崎根本不敢叫喊和抵抗……

之后呢？

然后，毕竟对方不好对付。因为对方是厩务员，什么都干得出来，所以山崎很害怕，就顺从地上了家畜运输车。“津轻号”扔下被控制着的山崎开走了。山崎被关在家畜车厢里，和末吉在一起……

大概就是这样的经过。这就是事实真相吧。

末吉就是在这个家畜车厢中把山崎勒死的。无论是末吉自己想干的，还是立山或西田让他这么做的，直接杀死山崎的无疑就是厩务员末吉。

那么，还剩下三个问题。

①末吉勒死山崎是在前往哪站的行驶途中呢？不可能是在停车时。因为停车时列车长有可能过来看一看，还必须防备列车员的眼睛。

②末吉自己单独犯罪，还是有同谋或是唆使者？

③ 191 次列车上的山崎托运的箱子里，怎么会装入山崎的尸体？

——这是最重要的谜团。

首先，思考一下①，当然是从小山站发车之后，但有没有可能是在到达矢板站的途中干的呢？

其理由是，末吉在矢板站称马有病，叫列车长来。如果山崎还活着的话，末吉应该不会这么做的。如果成了死人的话，就可以隐藏起来。家畜车厢里的东西多得是，比如给马披挂的布料盖在死人身上，就可以蒙过列车长的眼睛。

由此可见，货车一离开小山，山崎就被杀死了。罪犯也是出于想早点干掉，省得麻烦的心理。

只是关于死亡的推定时间，以前底井武八推测是十五日傍晚（这是在确认是山崎托运箱子之前）。但是，解剖的推测时间并不是绝对的，范围很宽，有时也有误差。

2

底井武八五点半到达上野。由于是早晨，饭馆没有开门。他在便利店买了牛奶和面包，站着吃了。

下面该做什么呢？坐夜行车很疲惫，是直接回公寓睡一觉，还是……

对了，他想到应该和把家畜运输车开到福岛的列车长横川修三见一面。为的是确认上次问过他的事，再问一些相关的细节，使调查更完善。

此时还早，可以赶在他上班之前跟他谈谈。当然，运气不好，赶上他出车不在家的话就另当别论。但底井武八预感今天早上他会在家。

从上野换乘山手线，在池袋下车时是六点半。天已经大亮了。街上有不少起早上班的人。空气凉凉的，很舒服。

走到鬼子母神社附近后，看到一位穿着浴衣的男人牵着狗在神社院内散步，底井武八觉得那浴衣看着眼熟，走近一看，果然是横川修三。

“啊，早上好！”

底井武八跟他打招呼。横川修三看着底井武八愣了一下，但马上就想起来了。

“你好！”

他笑着打招呼，按住了闹腾的丝毛犬的脑袋。

“上次多谢了。”

横川列车长看到底井武八提着箱子，就问：“要去旅行吗？”

“刚从福岛回来。去调查上次也跟你了解过的那件事去了。”

“嚯，很热心啊。”

“我在矢板站下车，去找了你告诉我的那个兽医。”

“哦。”

“不过，我还想再问一次，末吉厩务员找你说马病了，是在宇都宫站停车期间吧？”

“是的。”

横川列车长点点头。

“你进入家畜车厢的时候，注意到什么特别的行李没有？”

“就看见到处都是马用的东西。什么马鞍子、饲料桶、药匣子等，胡乱放着，而且还拴着一匹马，连站的地方都没有。再加上，他说马有病，我光注意看马了，没怎么注意行李什么的……”

“是吗？一般陪护马匹的人都睡在哪里呢？”

“睡在角落里。有的人就躺在稻草上睡觉，也有的人把箱子那样的东西摆成床铺，铺上毛毯，搭成临时床铺睡觉。”

“末吉是怎么睡觉的呢？”

“好像是搭临时床铺。不过，末吉为了照顾马，好像一夜都没有合眼。”

“在小山站附近，你去过家畜车厢吗？”

“没有。”

横川一边安抚着往身上扑的爱犬，一边回答。

“小山站我没有去看。因为我在最后一节车厢的列车长室里有事情要做。在宇都宫站接到末吉的要求后才过去的。”

“嗯。在田端站你去了吧？”

“那是我分内的工作啊。每节车厢都查看了一遍。当时看到末吉在马旁边吃盒饭，还对我说了句请多关照。”

“明白了。”

——自己想问的就这些吧？底井武八想了想，没有想出其他的问题。

“哎呀，真是太感谢了。回头有什么问题，再来拜访您。”

“好的。”

穿浴衣的列车长笑着低了下头。

底井武八朝池袋走去。商店刚开门。在水果店外面，店员正在给到货的水果起钉子开箱，只见里面是柚子。

在福岛，末吉分给其他厩务员的柚子为什么沾了一些沙子呢？他琢磨着。

底井武八回到公寓小睡了一觉，醒来时是下午一点。因为是一个人住，没人打搅，想睡的话可以一直睡到晚上。一点就醒来，还是因为心里不踏实。

底井武八用冷水洗了脸，感觉神清气爽，穿上洗衣店送来的短袖衬衫，去了府中赛马场。去找末吉，是在见过横川列车长后决定的。

从新宿坐上京王线后，底井武八在车上思考起见到末吉后，自己要做出怎样的表情来。对方毕竟是杀人犯，不能问错话。而且自己还要装作什么内情也不知道的样子，从末吉嘴里套出话来，这就更难了。一定要小心再小心。如果被末吉的甜言蜜语勾引，只身一人跟着他走的话，说不定会重蹈山崎的覆辙。但是也不能显得提心吊胆的，被末吉察觉到就危险了，这个火候很难把握。

底井武八走进了府中赛马场。

他直奔西田厩舍而去。太阳在头顶上炙烤着。在这酷热的天气里，连厩舍里也看不到人影，只飘浮着夏日午后冷清而倦怠的氛围。

底井武八往西田厩舍里探头一看，黑暗的马厩里拴着的马也热得无精打采的。哪匹马是日出杯，他这个外行认不出来。里面没有一个人。

底井武八想起上次来时的情况，就站在厩舍边上的楼梯口听了听。二楼是厩务员宿舍，好像听见有人说话。看到脚边有四五双鞋或木屐，估计他们又在楼上玩牌赌钱呢。

“有人吗？有人吗？”

底井武八仰头大声问道。

说话声突然停了。过了一会儿，一个十八九岁的驯马见习生模样的矮墩墩少年走下楼来。

“什么事？”

他站在楼梯中途，惊讶地低下头俯看底井武八。也许是提防警察来查赌博吧。

“我是来找末吉的，他在的话，请他下来一下好吗？”底井武八尽量做出温和的表情问道。

“你找末吉吗？末吉的话，已经走了。”

少年不客气地回答。

“啊？走了？为什么呢？”

“大约一个星期前辞职回家乡了。”

底井武八吃了一惊。他万万没有想到末吉会辞职。

“他的家乡是哪里？”

“听说是四国的宇和岛的农村。具体住址不知道。”

“末吉有信来吗？”

“还没有。”

“西田先生，现在在吗？”

“先生去箱根的强罗饭店了。因为立山先生住在那里。”

年轻的驯马员想赶紧回去，有些不耐烦地回答。

这时一个四十岁上下的连面胡子的男人，只穿了短裤，悠然地走进来。

他好像听到了刚才最后一句对话，对底井武八问道：

“你是来找末吉的？”

此人的样子很面善。那个年轻驯马员马上回二楼上去了。

“是的。”底井武八向他低头问好。

“末吉辞职了。”

“刚才听说了。我很意外。为什么突然辞职呢？”

“大概是厌烦这个行当了吧。”连面胡子笑道。

“我是前面千仓厩舍的厩务员，末吉跟我说了好多。说是干得差不多了，想回乡下过平常日子了。”

“末吉不是很喜欢马吗？”

“可不是吗？正因为喜欢，才坚持到现在的。我也和他一样啊。他在四国的乡下有老婆孩子，却把农活都扔给了老婆，一个人来东京。”

“可是……末吉下决心辞职，是不是有什么原因呢？”

这是关键的地方，所以底井武八问得也很谨慎。特别是此人所在的厩舍离得不远，估计说话会客观一些。

“说到这个嘛，”他从短裤兜里掏出抽了一半的烟，叼在嘴里，“因为末吉带着马去福岛比赛的途中，在小山站遇见了中村，他以前也是府中的厩务员，然后才产生这个念头的。”

“小山站？”

“是的。家畜运输车在那站停了一个小时。只要马没有事，就可以出去喝一杯的。”

“是吗？”底井武八全神贯注地倾听着。

“这是末吉从福岛赛马比赛回来后告诉我的。”连面胡子继续说道，“他看见中村的穿着很有派头，觉得他一定是挣到大钱了，就问他在哪里发财。中村就说，现在在小山经营土地中介，买卖特别红火。中村在这里的时候，我也认识他，是个脑子很好使的人。末吉说，见到中村这样，他也下决心辞掉厩务员了。”

末吉说的是真的吗？莫非是从府中逃跑的借口吧？现在底井武八实在无法下判断。

“那位中村，遇到末吉是十五日晚上很晚的时间吧？”

底井武八记得家畜运输车到达小山站是十五日晚上十点五十分，所以中村见到末吉必定是十一点以后。

“是的，他说是十一点二十分左右。”

“十一点二十分……”

那么，在家畜运输车里刚把山崎总编勒死，末吉就立刻外出了吗？未免太大胆了吧。不过，也可能因为杀了人太紧张，不出去喝酒就受不了。

“他和中村说话的时间长吗？”

“不清楚。不会太长的吧。因为只有一个小时的停车时间。”

末吉和中村喝完酒后回到家畜运输车，把山崎的尸体藏起来，到达宇都宫站的时候，为了马得病的事去找横川列车长，大概就是这样的顺序。

“你也带着马去参加福岛赛马比赛了吗？”

“我也去了。由于货车的关系，是十六日从田端站出发的。”

“什么？十六日？那么是和西田先生一天去的了？”

“是的，不过西田先生坐的是‘津轻号’。我下午三点从厩舍出来时，恰好遇见他从外面回来。西田先生还对我说：‘你现在去吗？’”

“从外面回来？西田先生一直不在这里吗？”

“这事不便声张……”连面胡子抽抽鼻子，嘿嘿一笑。

“西田先生在神乐坂有喜欢的艺妓呢。可能是头天晚上住在她的公寓里了吧。因为要去福岛，去告个别吧。”

“哈哈哈，也是。”底井武八附和着笑起来。——原来十五日晚上，西田住在玉弥那里了。

“末吉是因为遇见了中村，才决心辞掉厩务员回老家的吗？刚才听说他老家是四国的宇和岛的乡下……”

“是的。从福岛一回来就走了，还来跟我告别呢。不过，还没有收到他已经到家的明信片呢。”

“他家的确切地址你知道吗？”

“没有听他说起过，不知道。”

如此的话，末吉是否真的回了乡下就无从知晓了。很可能没有回去，肯定是畏罪潜逃了。

估计是立山或西田的命令，所以丰厚的资金一定是立山付给他的。末吉的去向只有他们二人知道。

不过底井武八觉得中村说不定也知道，因为他是末吉最后见到的人。

“那位中村住在小山的什么地方？”

“在站前街上，挂着野州不动产商社的牌子，一看就知道。末吉对我这么说的。”

“耽误你的时间，真是太抱歉了。”

底井武八很客气地道了谢。走出厩舍后，他再次抬头朝二楼看，听见了摔纸牌的啪啪声。

小山，从上野坐车一个小时多一点就到了。底井武八是傍晚到的。他在站前走着，白天的热气还没有散去，汗顺着脖子往下流。

野州不动产商社是个不足四米的小门面，招牌很大。

老板中村非常富态，完全看不出曾经干过厩务员。

底井武八此时也装作是赛马粉的样子，自称是西田厩舍末吉的朋友，听说他现在辞职回乡下了，想打听一下他乡下的确切地址。

中村请底井武八坐在窗边的椅子上，夕阳透过玻璃窗火辣辣地照在他的脖子上。

“他的地址我也不清楚啊。”

中村以十足的老板派头傲慢地回答。

“我和末吉是晚上在酒馆外面偶然碰见的。我问他，怎么来这儿了，他说送马去福岛，趁着停车时间，出来喝点酒。结果我们就一起喝起来，当时末吉问了我的近况，我说反正比当厩务员强多了。他也说实在厌倦了当厩务员。怪不得我感觉他和以往不太一样，好像心神不定的。”

“是不是担心货车的停车时间呢？”

“我原来也是这么想的。不过，听他说没关系，回头坐后面的快车追上货车。”

“后面的快车？”

“是的。货车很慢，所以坐后面的快车就可以追上，这倒是没有问题。让人担心的是马。虽说只离开不长时间，但是那么喜爱马的末吉却做出这么不负责任的事来，可见是非常厌倦厩务员这一份工作了。我看着他时心里这么想。”

“是这样啊。”

——后面的快车，是哪趟车呢？在哪站追上货车的？底井武八打算回头查查时刻表。

“此外你感觉他和平常有什么不同的吗？”

“看他很沮丧的样子，我没有多问……是吗，要是末吉辞职的话，大概是见到我的时候下的决心吧。大概是回乡下的老婆身边去，当农夫吧。听说家里有点地，吃饭是不成问题的。”

“末吉没有对你说过，他是带了柚子和马一起去福岛吗？”

底井武八突然想起了这个事。

“你问柚子吗？”

中村很奇怪。

“没有听他说过。”

“是吗？今天打扰了。如果末吉跟你联系的话，可以把他的地址告诉我吗？”

“我知道了。”

中村又看了一眼底井武八的名片。

不过，底井武八觉得末吉不会跟中村联系的。因为末吉并没有直接回乡下，而是得到了一笔可观的报酬，暂时在什么地方躲起来了。他走出不动产商社，走进附近的咖啡店，查看时刻表。最近他总是随身携带一本袖珍时刻表。

果然找到了一趟准快车“岩代号”。晚上十一点三十分从上野发车，零点四十九分到小山站，到宇都宫站是一点十八分。

距离“岩代号”到小山站，还有一个半小时的充裕时间，所以十一点多来站前喝酒的末吉才能这么不慌不忙的。

就是说，末吉在小山站和宇都宫站之间，让马独自在车上，自己乘坐后面的“岩代号”在宇都宫站下车，然后换乘停在躲避线上的家畜运输车。

那时，他谎称马的情况不对头，去找横川列车长。——末吉之所以在宇都宫站去找横川列车长，是有着这样的背景的。

然后，末吉在矢板站叫来兽医，来拖延发车，这与之前的推测一致。

底井武八在咖啡店里待了三十分钟，左思右想了很多，可是总觉得哪里想不明白，仿佛有一个疙瘩解不开，可是又说不出具体是什么。

他登上了回去的列车，天已经黑了。今天早上，他经过这里，夜晚又经过这里。调查工作还真是不轻松啊。

底井武八眺望着窗外闪过的灯光，耳边忽然响起了中村的声音。

那么喜爱马的末吉却做出这么不负责任的事来，可见是非常厌倦厩务员这份工作了。他说的是从小山站到宇都宫站，末吉没有跟在马身边的事。

——那么喜爱马的人。

末吉在小山站和宇都宫站之间让马独自在车上，是因为什么呢？这是用一句“非常厌倦厩务员这份工作了”能够解释得通的吗？

底井武八觉得这里面有问题。

就是说，小山站和宇都宫站之间只有马在车上，没有人陪护。不对，还有一具山崎治郎的尸体躺在角落里！底井武八凝视着黑色的车窗，一直吸着烟在思考。根本没有品出一点烟味，也听不到车内乘客的说话声。专注的思考似乎屏蔽了所有的感官。

小山站和宇都宫站之间如果并非只有马在车上，而是有人在呢？

这种假设有可能吗？

横川列车长说，在田端站发出后，直到到达宇都宫站末吉来找他，才第一次去家畜车厢。所以，无法知道从小山站到宇都宫站之间的家畜车厢里，到底是只有马在车上，还是有人陪护。既没有办法证明没有人在家畜车厢里，也无法证明有人跟马在一起。不过，家畜运输车发车后，末吉还在小山站前的酒馆喝酒，如果有人在家畜车厢里的话，肯定不是末吉，而是另一个人。

就是说，在小山站停车的时候，那个人和末吉交换上了车。而且到达宇都宫站后，那个人又和乘坐后面的“岩代号”来的末吉再一次交换，从家畜车厢下来了。

这样的假设也可以成立吧。

如果这样的假设也可以成立，就会导致此前自己的推断被推翻。

首先，在车里勒死山崎治郎的人就不是末吉了。和他交替上车的人才是杀死山崎的真凶。回到以前的设想，这一杀人行为发生在从小山站发车后的行驶过程中比较合乎逻辑。末吉将下了车的山崎，从站台上引到家畜车厢上杀死的做法过于大胆，把尸体留在车上，自己去站前喝酒也太不合常理。

如此一来——对了，这样的话，引诱山崎下车的也就不可能是末吉了。也是另外的人。而且和杀死山崎的是同一个人。那个人没有乘坐家畜运输车。从田端站到小山站只有末吉和马在一起。

那么，那个人是乘坐哪趟车来的呢？不用多想，就是十五日的“津轻号”。即立山前议员乘坐的那趟列车，也是山崎乘坐的那趟车。

说不定那个人和山崎坐在一起呢。和立山前议员不是一个车厢。

设想一下这样的情况。

“津轻号”到达小山站的时候,那个人指着那边停着的货车,告诉山崎,他的马就在那上面。利用三分钟的停车时间，去瞧瞧怎么样?

山崎听信了他的话，轻易地下了车。打开车门，二人进入家畜车厢内。突然那个男人关上门,勒住了山崎。他一定是个很有力气的人。——此时末吉已经下车去站前喝酒了，不在车里。

当然，这个人已经事先和末吉商量好了。所以，后来在宇都宫站停车时，末吉离开家畜运输车，之后再乘坐“岩代号”追赶上家畜运输车，和那个人交换，也是和那个人商量好的。

因此，借口马有病，拖延挂了家畜车厢的货车的到达时间，也都是那个人和末吉商量好的。

——想到这里，底井武八兴奋起来。

不过,仅凭这些并没有完全解决疑问。最关键的是,在其他的货车上,即 191 次列车托运的山崎的箱子里，怎么会被放入了他自己的尸体呢?

虽说山崎被害的现场，以及凶手都有眉目了。可是，底井武八还是搞不清楚这个诡计的套路。

因为倘若凶手和山崎的尸体从小山站到宇都宫站之间一起关在家畜车厢里，根本不可能把山崎的尸体换入 191 次列车里的箱子里。

这一点目前搞不清楚，先往后放一放。

且说和末吉交换在宇都宫站下了家畜运输车的那个人后来怎么样了呢?他当天晚上在宇都宫住宿了没有?不，不需要住宿。那个人应该是直接返回东京了。

那么，有没有合适的车次呢?——看一下时刻表吧。

没有衔接很紧的车次。大约等了一个小时后，有一趟二点四十分从宇都宫站发车的慢车（112 车)，此车到达上野是四点三十分，即十六日凌晨四点三十分。

时间太早了。即便回府中也是六点左右。一大早回去,反而引人注目。因此，他先去了情妇的公寓，睡到午后，下午三点左右回厩舍。一定是这样的顺序。

此人有杀害山崎的动机。至少比末吉和山崎的关系更紧密……明白了。这样就迎刃而解了。

列车到达上野后，底井武八漫不经心地走出了检票口，听见检票员在后面吼他。原来是他忘了出示车票了，而且还弄错了出站口。人在思考的时候，就是这么糊涂。

挂了家畜车厢的货车，虽然是晚上八点五十分从田端站发车的，但有可能在某站与大宫发车的191次列车同时停车。

可是，即便是这样，那个人从家畜运输车扛着山崎的尸体，进入货车，将尸体换入山崎托运的箱子里，也是根本无法做到的。首先，箱子在哪个车厢里，他是不可能知道的。

换入——底井武八倒吸了一口凉气，差点停下脚步。

山崎在田端站托运的箱子里的东西，到底是不是行李牌上写的衣服呢？如果是衣服的话，他自己的尸体在运送过程中被装入箱子，就必须把箱子里的东西拿出来。那可是有七十二公斤重的东西呢。

箱子里的东西在装入山崎的尸体时，是怎么处理的呢？这是底井武八一直抱有的疑问。而且警方当时搜查了沿线,并没有发现可疑的丢弃物。

这个疑问，现在变得更大了，逼近了底井武八。

底井武八瞪着眼睛看着水果店前堆得高高的黄澄澄的新鲜柚子。

在那个店里，还堆着好几个同样的箱子。

“我明白了！”

底井武八忍不住叫起来，路过的行人都好奇地朝他侧目。

末吉在福岛分给别人的柚子上为什么沾了沙子之谜也解开了。底井武八知道，每当赛马出场获得冠军时，为了添加不利因素，都要增加重量。赛马的行话叫作“加分量”。为了增加重量，骑手会穿有铅的背心，或在马鞍子上放沙袋等。

就是说，那些柚子是为了增加重量，和沙袋一起装进去的。

底井武八为了使自己兴奋的心情平静下来，走进一家昏暗的咖啡店，要了一杯橘子汁和冰激凌。

他擦着额头上流下来的汗。

尽管箱子之谜终于破解了，但是山崎遭遇不测的缘由还是迷雾一团。

显而易见，山崎是由于探知到了杀害冈濑正平的真相，以此要挟对方，而惨遭毒手的，那么山崎获得的重要线索是什么呢?

这也关系到冈濑为什么被杀死。

冈濑正平虽然因贪污五亿日元公款被判刑，但是出狱后不久，就去了府中的西田厩舍、神乐坂的料亭官永，悄悄跟老情人玉弥见了面。这些是底井武八自己监视跟踪后亲眼看到的，所以非常清楚。

山崎仿佛预料到了这一切似的，命令底井武八在冈濑叔叔开在新井药师的杂货铺对面的点心店二楼监视冈濑正平。一向对采访费用很吝啬的山崎忽然出手大方，说可以不要考虑费用，还亲自带着威士忌来探班。

这说明，从一开始，山崎就很了解此事件的内幕。只有底井武八一直被蒙在鼓里。

3

虽然二十五岁的冈濑正平因挪用五亿日元公款被判刑的事震惊了世

人，但是，考虑到年轻官员被赋予了过大的权力，以及施行盲判行政[1]的政府机构的现状，也就不值得大惊小怪了。只要看到上司的盖章，对行政事务就毫不怀疑的官僚主义的愚蠢态度才是十分可笑的。

冈濑正平将五亿日元的一大半花在了投机买卖和女人身上，根据检察官所说，有一亿日元对不上账，即去向不明。

冈濑说由于只顾拼命消费这么一大笔钱，所以记不清楚所有消费的去处，最终得以蒙混过关。不过，他因此在监狱里度过了七年的光阴。恰如他挥霍巨额不义之财一样，他把自己的青春也浪费在了牢狱里。

当时，有传言认为冈濑把一亿日元悄悄藏在了什么地方，打算出狱后再去取出来。但是岁月会磨去人们的记忆，冈濑出狱后，虽然也有个别报道提到此事，但是人们都在感慨他终于苦尽甘来，很少有人想起那笔巨款的事。

不过，也有人并没有忘记这件事，预料冈濑必定会取出那笔钱，并想伺机从中渔利，那就是晚报的总编山崎治郎。

山崎之所以想方设法鼓励底井武八跟踪出狱后的冈濑正平，就是想在他取出所藏钱款时，将他当场抓住，然后威胁他至少分一半给自己。

可是，冈濑正平在去福岛县饭坂附近的寺院给入狱前死去的母亲扫墓时，在那个墓地被什么人杀害了。藏匿的巨款（山崎深信的）一亿日元也永远不知去向了。

山崎治郎怒火中烧。这并非憎恨杀人之罪恶本身，而是因为好不容易追踪到的那一半利益也跟着泡汤了，他是因此而憎恨凶手。那心情就好像自己的钱被偷了一样。

他的跟踪对象被杀害了。这回他自己亲自跟踪，抛开了底井武八。

1　盲判行政，即不看文件内容，就盲目盖章的官僚主义。“判”是“盖章”的意思。

山崎知道了是谁杀死的冈濑。他接近立山前议员，瞒着家人坐上十五日的“津轻号”，跟前议员一行人同去秋田等，也都是为了不让别人知道这个信息。

这样就使山崎治郎陷入了孤立的境地。自己的去向没有告诉任何人，就等于把自己与周围人隔绝开来，使自己与世隔绝，这对于凶手也是极有利的。因为凶手的线索也不容易被人发现了。

由此可知，山崎治郎肯定威胁过立山前议员，其威胁的筹码自然是冈濑被杀的案件了。那么立山前议员和冈濑正平的关系到底如何呢？山崎探知的肯定是他们二人的关系。

之后的冈濑被杀，山崎遭遇不测，也是因为二人的关系而导致的吧。是谁杀死的冈濑，是谁杀死的山崎，追究凶手固然很重要，但是首先应该弄清楚立山和冈濑的关系。底井武八在闷热的公寓里冥思苦想。他在思考的同时，记录下推理的过程，涂涂改改花费了很多时间。

如果山崎是为了冈濑的事而威胁立山寅平，立山在冈濑这个案子上就处于非常被动的立场。

这是冈濑被杀案发生之前的问题了。

艺妓玉弥七年前是冈濑的情妇，可是冈濑出狱后，她成了西田孙吉的情妇。不过，这个杀人案，她应该不会参与其中。

底井武八认为，去向不明的一亿日元是主要原因吧。

底井武八苦苦思索着。

他判断，因为这笔钱，立山在冈濑面前感到愧疚。这是因为立山跟冈濑借用了那笔钱的缘故吧。当然,这是冈濑挪用公款被揭露之前的事了。

一个政治家，只要没有自己的经营实体，对钱就会很贪婪。特别是选举的时候需要更多的钱。

底井武八查阅了报社的旧年鉴。果然了解到冈濑挪用公款一案被曝光的那一年之前，议会解散了。立山寅平在当时的总选举中当选了。由于冈濑的贪污时间长达三年，所以是在那期间发生的事。

那么，立山跟冈濑借用了一亿日元用于选举的情况可以大致肯定了。不清楚的是，立山是怎么认识冈濑的呢？不，冈濑有大笔钱的事，立山是怎么知道的呢？

冈濑不是立山选举区的人。不相干的两个人相识的契机是什么呢？

两个人都喜欢赛马，赛马大概是他们交往的契机吧。有可能。

对呀。底井武八一拍大腿。

介于两人之间的是玉弥。是这个女人介绍二人认识的。

年轻的冈濑正平不断地使用公款去神乐坂消费。和玉弥建立关系应该也是那个时候。

另一方面，立山寅平可能也很喜欢西田热衷的玉弥。马主与驯马师的关系亲密无间，因此玉弥很可能与为选举资金发愁的熟客立山，谈起过冈濑这个人。

冈濑到处说他的钱是因为乡下拥有大山林的叔父死了，自己继承了大笔遗产，花的是卖掉山林的钱。对他的话玉弥也深信不疑。因此玉弥曾对立山寅平说过这样的话吧：

我认识的男人里，有一个年轻又有钱的大财主。你可以跟他借用一些啊。

立山很高兴通过玉弥的介绍认识了冈濑。冈濑挪用公款的事东窗事发后，冈濑没有对检察官，也没有对法官坦白此事，隐瞒了下来。他觉得即使立山前议员事后知道了钱的来历，可能会很吃惊，但也不好公之于众，肯定不会说出去的。就是说，他打算出狱后，让立山悄悄把钱还给自己，作为自己今后的立身之本。换言之，因为对方是议员，冈濑觉得存放在立山那里很安全，所以就借给立山了。

对于立山寅平来说，可能也怀疑过这位阔少的钱不太干净，可是他非常渴望得到这笔竞选资金。那正是花钱如流水的时期。从党派老大手里得到的钱是有限的，因此尽管有些怀疑，他还是跟冈濑借了那笔钱。

那么，冈濑服满七年刑期出狱后，借给立山的一亿日元是否能顺利回到他手里呢?

底井武八一步步地推理，简直是煞费苦心。

政治家的钱总是不够花。虽说有可能赚到钱，但相比之下还是支出的更多。

底井武八想起出狱后冈濑最先去的地方。自己在点心店二楼上监视冈濑时，曾经跟着他去过府中赛马场的西田厩舍。因为立山的马以前一直寄养在西田那里的事，冈濑是知道的。

冈濑拜访西田的目的，就是打听立山的所在。

冈濑没有去立山寅平的家或事务所拜访立山。因为冈濑预感到自己被跟踪，不想让跟踪者知道自己和立山的关系，希望悄悄地拜访立山的秘密据点。

还有一个可能就是，即便冈濑给立山前议员的宅邸或事务所打电话，对方也不告诉他立山在何处。大概是立山不让大家说的。这种可能性是有的。

总之，跟冈濑见面后，西田对于他的追问很厌烦，就说你去问神乐坂的玉弥好了。而且那时候冈濑已经知道玉弥的男人是西田了。

在监狱里关了七年，外面的变化这么大，冈濑并不感到多么吃惊。女人就是这样善变。他根本不指望那种水性杨花的女人会等自己七年。现在最重要的是拿到那笔钱。

冈濑一定想要见到立山寅平，让他尽快还钱。

于是冈濑跟以前的情妇见了面。一定对她说了“你是证人，请你转告立山，请他尽快把钱还给我”，因为玉弥是当时他们借钱时的证人。

就这样玉弥和冈濑谈论了关于还钱的事。对于出狱后的冈濑来说，钱比女人更重要，而且是一亿日元的巨款。作为冈濑是无论如何都要对方归还的。

但是，立山寅平手头可能没有那么多钱。落选议员的处境可悲，根本没有政治捐款。一旦落选，就变成了“普通人”，以前捐款的企业也都骤然变得冷淡起来。所以他对冈濑敷衍塞责，拖着不还。因为他没有钱还。

冈濑会怎么做呢？底井武八站在冈濑的角度设想起来。聪明的冈濑不可能没有想到会有这一天，所以一定让立山写了借条。

此事对于立山是极其不利的，因为冈濑有可能到处散布说立山早就知道这些钱的来源。

这对于德高望重的议员而言是非常难堪的事。因为冈濑挥霍的是公款，即贪污了国民的税金。那么借用了那笔钱，无论立山寅平如何辩解自己不知道那笔钱的来历，也无法消除人们的怀疑。人们会认为，一个二十多岁的年轻公务员竟然借给自己一亿日元，议员怎么可能不怀疑呢？

可能的话，立山寅平很想彻底否认跟冈濑借过那笔钱。可是由于冈濑手里握有他亲笔写的借条，他是无法否认的。立山可能本来不过是想把冈濑手里的那张借条偷走吧。只要没有了证据，冈濑的说法就失去了根据，而玉弥现在当然更倚重西田，所以自然会站在立山前议员一边。

把冈濑手里的那张借条偷走——想到这儿，底井武八恍然大悟。

冈濑在被揭发之前，把借条藏在哪里了呢？由于怀疑冈濑藏匿钱款，警方进行了多方调查，可是连一张纸也没有查到。凭借警方的特权调查了银行后，也只有冈濑坦白的数额，而且冈濑也没有银行保管的私人金库。

冈濑应该不会把借条放在别人那里的。像他这样的人，戒备心理很强，如果不小心被人知道了自己与立山寅平的借贷关系，就等于知道了他藏匿的钱，那就麻烦了。

索要借款时，知道此事的人有可能提出分其一半的要求。山崎治郎不就是个例子吗。

弄不好，存放借条的那个人会把这个证据交给政府也未可知。那样一来，借给立山的钱就会被没收，冈濑就落得竹篮打水一场空。

冈濑必须把立山的借条藏在只有自己知道的最安全的地方。

冈濑从立山寅平那里拿到的借条到底保存在哪里呢？立山想要偷的那张借条的藏匿点……

对于冈濑而言，那是可以让立山还钱的唯一证据。如果立山不还钱，那就是用来威胁他的武器，因此必须是人们意想不到的场所。

此处是有条件的。一旦判刑，时间肯定很长，所以在这期间不能因火灾而被烧掉，所以肯定不会放在房间里。

也不能被雨淋湿，那就会发霉腐烂。大概是放在结实的金属盒子里，埋在地下了吧。

底井武八忽然想到了一个地方。

他知道冈濑正平把立山前议员的借条藏在什么地方了。是地下金库，即墓地的下面。冈濑正平的母亲在他被揭发前两个月就去世了。恰好是立山前议员借了他一亿日元的时候。冈濑肯定把借条放进收纳母亲骨灰壶的白木盒里，埋在坟墓里了。这是最安全的藏匿所。不会被盗，不会被烧掉，也不怕雨水。

底井武八原先一直以为冈濑把一亿日元现金藏在地下金库里了，真是大错特错。骨灰盒仍旧在里面，只不过放进了一张借条，代替了现金。

冈濑出狱后，谎称祭拜母亲去了饭坂。可是，到了墓地一看，有石匠正在附近干活，无法取出借条，于是在拜访了住持之后，再度回到墓地。

冈濑正平被杀，就在他把借条塞进怀里的时候。——因为有人一直在他背后窥视他的一举一动。此人就是一直从东京尾随冈濑来到饭坂的人。他也是在冈濑一出狱就盯上冈濑了。此人预料冈濑一定会去藏匿借条的地方，想要得到借条吧。此人就是杀死冈濑正平的凶手。

山崎治郎发现了这一点。于是他开始威胁凶手，因此被凶手夺去了生命。

4

山崎治郎为什么自己扛着七十二公斤重的箱子送去托运呢？也就是说，凶手是如何让山崎那么做的呢？

底井武八的疑问，可以通过西田孙吉的供述来解答。

“我和山崎乘坐‘津轻号’，和立山一起去秋田。山崎一直以杀死冈濑的事要挟立山和我。他让立山出一千万，让我出五百万。可是，此事一时半会儿商定不了，只好一起去了秋田。

“山崎虽然知道是我杀死冈濑，但觉得立山比我有钱，所以跟立山要的更多。

“我知道无法摆脱山崎，就决定杀死他。

“我准备了两个箱子，还用左手写了一模一样的两个行李牌。随口问了山崎的体重，他回答是六十一公斤。我就把相同重量的柚子和给马增加分量的沙袋装进箱子里，填写了托运物是‘衣物’，和山崎一起送到了田端站。起初打算都装柚子的，可是考虑到太多会引起别人怀疑，就加了一些沙袋。我是开自己的小汽车运送箱子的。一到晚上，赛马场里没有人，所以没有人看到。我和山崎约好在车站见面。他说刚刚在站前食堂吃了咖喱饭。

“把箱子运到托运处去的路上，我借口想起了一件急事，让山崎一个人送去。他一无所知，就按照我说的，把箱子送去了托运处。由于那个箱子后来被发现里面有尸体，所以，我不能让站员看到我的相貌。山崎反正是要死的人，即使追查他也不会败露的。”

这样，托运箱子的人变成了箱子里的尸体之谜，底井武八就明白了一半，剩下那一半呢——

“另外那个同样的箱子，外面罩着白布，我让厩务员末吉放在家畜车厢里了。当时，我提醒末吉不要让列车长看到这个箱子。所以，他把箱子和其他行李一起堆在角落里，上面铺上毛毯，搭成了临时床铺。由于箱子搬进家畜车厢的时候，外面也罩着白布，即便被列车员看到，也不会马上意识到那是箱子。那个箱子里面是空的。

“我把装有柚子和沙袋的箱子在晚上八点半送到车站，运送这个箱子的货车是翌日晚上七点到达郡山站。我在两三天之前已经确认过了，所以，晚上九点去郡山站取箱子的话，时间很充裕。可以说后面的一切都是为了这个时间而安排的。

“晚上八点五十分从田端站出发的家畜运输车是晚上十点五十分到达小山站，为了让后面的‘津轻号’先通过，会停车一段时间。我多次乘坐‘津轻号’送马去福岛，知道这个情况。

“我事先把安排都告诉了末吉，让他在家畜运输车一到小山站，就立刻下车，去站前玩。

“我和山崎如约乘坐了十五日的‘津轻号’，随立山一起去秋田，立山在别的车厢。到了小山站的时候，我对山崎说，对面停着的货车里有那匹日出杯，要不要过去看看？山崎觉得只有三分钟停车时间，很不愿意。在我执拗的劝说下，他才下了车，进入了开着门的家畜车厢。

“山崎打量着车内说：‘哟，末吉不在啊。’趁着此时，我迅速关上了车门，以免被外面的人看到，扑上去勒死了他。事出突然，他没来得及喊叫。我最担心列车长来巡视，好在没有来，我才松了口气。

“我让末吉乘坐后面的快车‘岩代号’到宇都宫站等我，我在宇都宫站和他交换，然后坐从青森来的二点四十分的慢车回了东京。”

——到此为止，都如底井武八猜想的那样，只是在杀害山崎的时间这一点上有些出入。西田说他是在小山站停车期间杀死山崎的。大概担心山崎喊叫会很危险吧。不过害怕列车长来巡视也可以理解。

“家畜运输车从小山站行驶到宇都宫站的这段时间里，我在车厢里火速把山崎的尸体装入准备好的空箱子里，捆得和在田端站托运的装有柚子和沙袋的箱子一模一样。在宇都宫站停车期间，给乘坐‘岩代号’到站的末吉交代了后面要做的事情——后面的事情就是到了郡山站后，去取山崎托运的箱子。我把山崎给我的那个行李牌给了末吉，下了这个命令。

“只是考虑到在郡山站，末吉从家畜车厢下车会被乘务员看到，我就让他在前一站的须贺川下车，换乘‘思念号’，到郡山站下车。由于把取来的箱子扛进家畜车厢里比较惹人注目，好在是夜间，末吉说他尽可能走黑暗的铺铁轨的地方，从车站相反的方向过去。因为相反方向的车门为了方便运箱子事先没有上锁。

“就这样，从郡山到五百川，在家畜车厢里有两个箱子，一个装着尸体，一个装着柚子和沙袋。货车一到五百川站，末吉就把装着尸体的箱子扔到车站附近的草地上了。没有扔到远处，是因为停车时间很短。幸好是夜间，没有被人看到。

“我忘了说了，在矢板站，末吉声称马有病，是因为挂了家畜车厢的货车一般很早就到达郡山站了，为了调节时间而故意拖延的。一切都为了赶上从郡山站取箱子的时间。

“这样一来，看上去就好像山崎在田端站托运后变成箱子里的尸体了。警察也始终为此而头疼。其实我并非一开始就打算出此奇招，只是不想让田端站的站员看到我的相貌，才让山崎托运的。现在想想，这么做很失策。如果找别人代替他的话，警方就会认为山崎是在东京被杀死的，反而破不了这个案子了。”

——托运人变成箱子里的尸体之谜，终于解开了。

“车厢里还剩下一个装着柚子和沙袋的箱子。柚子扔下车的话，会引起怀疑，所以，没办法，我就吩咐末吉带到福岛的赛马场去，分给厩舍的其他人。听说沙袋里的沙子沾到了柚子上。”

——这些情况和底井武八推测的一样。

“我的另一个失策，而且是致命的失策，就是山崎给秋田的旅馆发了预约电报的事。他担心因党的地方支部大会而预约不到旅馆的房间，所以务必要跟我和立山住同一个旅馆（我对山崎说我也是十五日坐‘津轻号’去）的缘故吧。因为他要跟我们谈那笔交易，觉得不住在一起不方便……由于这个电报，一下子被那个叫底井的记者发现了山崎和立山一起去的秋田。

“我之所以假装是十六日早上离开东京，坐当晚的‘津轻号’出发的，是因为担心十五日在小山站杀死山崎的事情暴露。可是，这也是徒劳。我犯下这些罪行都是为了报答长期以来立山对我的恩情，杀死山崎，则是为了使我自己不暴露。”

——前议员立山寅平因教唆杀人嫌疑被起诉，并判了刑。

厩务员末吉因协助杀人嫌疑被追查。他用立山和西田给的钱，躲在信州的温泉乡，在那里被拘捕后判了刑。

底井武八至今仍然蜗居在墓地附近的狭小公寓里，在那个工资低廉的晚报社工作。

图书在版编目（CIP）数据

死亡邮递 /（日）松本清张著；马梦瑶译．—杭州：浙江人民出版社，2016.10

ISBN 978-7-213-07534-6

Ⅰ．①死… Ⅱ．①松… ②马… Ⅲ．①长篇小说—日本—现代 Ⅳ．① I313.45

中国版本图书馆 CIP 数据核字（2016）第 173655 号

浙江省版权局
著作权合同登记章
图字：11-2016-258

死亡邮递

（日）松本清张 著

出版发行　浙江人民出版社（杭州市体育场路 347 号　邮编　310006）
责任编辑　张世琼
责任校对　朱　妍　朱志萍
印　　刷　北京盛通印刷股份有限公司
开　　本　880 毫米 ×1230 毫米　1/32
印　　张　7.25
字　　数　175 千字
版　　次　2016 年 10 月第 1 版
印　　次　2016 年 10 月第 1 次印刷
书　　号　ISBN 978-7-213-07534-6
定　　价　39.80 元

如发现图书质量问题，可联系调换。质量投诉电话：010-82069336

松本清张

『迷情』系列

01《水之焰》

02《死亡邮递》

03《黑夜的空白》